CROSS NOVELS

アルファ王子の愛なんていりません!

アルファ王子の愛なんていりません!

小中大豆
NOVEL Daizu Konaka
みずかねりょう
ILLUST Ryou Mizukane

CROSS NOVELS

Contents

CROSS NOVELS

アルファ王子の愛なんていりません！

五月、ここサフィール王国は春の盛りだ。

アンジェリン・ヴァッツリークが四月から通い始めたサフィール王立学院大学は、構内に立派な庭園を有しており、春になると多くの花が咲き乱れ天国のような景色になる。

草花が好きなアンジェリンは、大学生になってこの美しい構内を歩くのを、高等部にいた頃から楽しみにしていた。

もっとも、入学してからあれこれ用事があって忙しく、ゆっくり景色を堪能する時間はないのだが。

「五月の健康診断、あれって採血があるらしいぜ。俺、苦手なのに」

「俺も。けど、健康診断って名目だけど、本当は第二性の検査だっていうぜ」

今日も昼時、美しい庭園を横目に先を急いでいたら、前方を歩いていた学生二人の会話が聞こえてきた。

健康診断で採血があるのは、一年だけだと聞いている。だから彼らもアンジェリンと同じ、一年生だろう。

「どうせベータなのにな。アルファの検査なら俺、高校でやったよ」

「オメガかもよ」

二人のうち一人が言って、クスクス笑いながら前方を指差した。そこでアンジェリンは、彼らの斜め前方にもう一人、学生が背中を丸めてトボトボと歩いているのに気がついた。

「まさか！　オメガだったら、もう発情期《ヒート》が来てる年だろ。ベータでよかったぜ。動物みたいに発情期があるなんて、ぞっとするよなあ」

「俺だったら、怖くて大学になんか来られないね」

二人とも、聞こえよがしに声を張り上げている。前を一人で歩く学生に向けているのだろう。前を行く男子学生は、首にチョーカーを巻いていた。うなじを覆い隠せるように太めのチョーカーで、彼がオメガなのだと推測できる。

オメガの学生は、ただでさえ丸まった背中をさらに小さく縮めた。それを見て、二人連れはほくそ笑んだ。

「だいたい、オメガが大学出てどうするんだよ。ろくな仕事にも就《つ》けないのに」

「男探しじゃないのか？　発情期に腰振って……」

聞くに堪《た》えない言葉だった。アンジェリンは唇を噛む。

前の二人連れはどちらも身なりが良くて、貴族か裕福な平民かわからない。顔はよく見えないが、声に聞き覚えがないから、『外部生』だ。『内部生』なら漏れなく、アンジェリンは知っている。

いずれにせよ、王立学院大学に一般学生として入ってくる時点で、それなりに裕福であることは間違いなかった。この大学の授業料は高額だし、入試のために優秀な家庭教師を雇ったり、専門の受験塾に通ったりするので金がかかる。

しかし、一方でオメガの学生は、見るからに粗末なジャケットを着ていた。身を守るためのチョーカーも安っぽい。

恐らく彼は、奨学生ではないだろうか。オメガで平民の奨学生なら、本人の努力はもちろん、相当に優秀なはずだ。

なのに、謂《いわ》れのない侮辱《ぶじょく》を受けている。オメガだからというだけではない。平民で、裕福ではなさそうだからだ。

実際、アンジェリンはオメガだが、こんな侮辱を正面から受けたことはなかった。アンジェリンが裕福な貴族、しかもヴァッツリーク家直系の子息だからである。

「そういえば、オメガの発情の匂いって、どんな匂いなんだろうな」

「さあな。貧乏臭い匂いじゃないか。俺らにはわからないけど、アルファには、どんなに臭くても効くんだろ。貧乏人の匂いを嗅《か》いで、アルファもアヘアヘ発情するんだ」

二人連れが笑う。アンジェリンは我慢できなくなって、彼らに近づいた。

「まったく下品極まりない。発情しているのは君たちじゃないのか？」

二人連れの学生が驚いて振り返る。一人は一瞬、怯《ひる》んだものの、アンジェリンが首に太めのチョーカーを巻いているのを見て、侮蔑と怒りの表情を浮かべた。

それを見て、こいつは物知らずだなと、内心で評価する。この学院で僕を知らないなんてモグリだ、と。

もう一方の学生は、アンジェリンが何者かすぐに気づいたらしい。「あっ」と小さく叫び、急にオドオドし始めた。

オメガの学生はというと、アンジェリンたちから少し離れた場所で足を止め、何事が起こったのかとこちらを見ていた。

「往来で下品な単語を大声で繰り返して、これが同じ王立学院の学生とは信じがたい。今年の入試はベータ向けの入学試験だけ、初等部の問題と間違えたのかもな」

実際は、性別で入試の問題を変えるなどあり得ないが、相手がオメガを侮蔑するなら、こちらもベータを揶揄《やゆ》してやろうと思った。

「何だと。オメガのくせに威張りやがって。俺はペジナ家の嫡男《ちゃくなん》だぞ。フェレンツ家とも懇意《こんい》にしてるんだからな」

ペジナもフェレンツも、それなりの貴族家だと知っているが、アンジェリンにとっては、どうということもない。

肩を怒らせる学生に、もう一方の学生が「おい、よせ」と、泡を食った様子で囁《ささや》いている。

アンジェリンはわざとらしい微笑みを浮かべ、二人に向けた。

「そう、君はペジナというのか。僕はアンジェリン・ヴァッツリーク。ヴァッツリーク侯爵家の者だ」

ヴァッツリークの名を聞いた途端、威張っていたベータの学生の顔から、表情が抜け落ちる。

「え、あっ……ヴァッツリーク、宰相の……？」

「祖父を知っていてくれてありがとう。オメガのくせに、威張っていて悪かったな」

アンジェリンは薄笑いを浮かべて相手を見た。

友人から、いかにも悪役令息らしいと言われたことがある。顔立ちがはっきりしているのと、目が吊り気味なところが、勝気で意地悪そうに見えるらしい。

いいんだ、とアンジェリンは心の中でうそぶく。ただでさえ、ヴァッツリーク家は国民に嫌われているし、アンジェリンは我がままで意地悪な令息だと評判だ。

今さら敵を一人二人増やしたところで、痛くも痒《かゆ》くもない。

「わざわざ名乗ってまでオメガを侮辱するとは。ヴァッツリーク家に対する宣戦布告というわけかな」

「そ、そんな……」

「すみません。僕らはまだ、入学したてでよくわかっていなくて。申し訳ありません」

「へえ、そうか。僕がヴァッツリークじゃなかったら、侮辱を続けていたわけだ。構わないよ。我が学院内では、学生は皆平等だ。それくらい知っているよな？　さあ、続けてくれたまえ。フェレンツ家と懇意にしているペジナ家の嫡男君は、生意気なオメガに何をしようとしていたのか」

　アンジェリンがよく通る声で言うので、周りを行き交う他の学生たちも、何事かと足を止めて振り返る。ここらが潮時と、アンジェリンは笑みを消し、うろたえる二人を睥睨《へいげい》した。

「君たちの顔は覚えた。ペジナ家の名前もな。もし次に我が学院の名を貶《おとし》めるような言動を目撃したら、この僕へ喧嘩を売っているものだと承知する。僕への敵意は、ヴァッリーク一門への敵意だ」

　泣きそうな顔をする二人の間をすり抜け、アンジェリンはオメガの学生に近づいた。

　オメガの学生は呆然《ぼうぜん》として立ち尽くしていたが、アンジェリンが近づくのを見て、怯《おび》えたように身を縮めた。

「すまない。余計なことをした。聞いていたかもしれないが、僕はアンジェリンだ。アンジェリン・ヴァッリーク、一年生。君も一年？」

　話しかけたのは、奨学生とおぼしき彼に、後ろの二人連れが腹いせの八つ当たりをするかもしれないと考えたからだ。

　彼がアンジェリンの知己《ちき》を得たとわかれば、下手な手出しはできない。しかし、オメガの学生はこちらのそうした思惑を知らないようで、ただひたすら怯えていた。

「そ、そうです。一年です。……すみません」

「謝ることなんかないよ。こちらこそ、いきなり話しかけてごめん。名前を聞いてもいいかな」

「……サシャです。サシャ・マリー」

　うつむきがちなサシャは、アンジェリンより背が少し低い。オメガ特有の、華奢《きゃしゃ》な体格と中性的な顔立ちをしている。銀髪を無造作に伸ばしていて顔が見えにくいが、よく見ると砂糖菓子みたいに甘やかな美貌《びぼう》をしていた。

　相手の可愛らしい美貌に興味を引かれた。また、数少ないオメガの学生同士、もう少し話してみたかったが、長いまつげが震えているのを見て、諦めた。

「僕は政治経済学部なんだ。どこかで見かけたらよろしく。じゃあ」

短くまくし立て、その場を離れる。周りにいた学生たちから、ひそひそと囁き合う声が聞こえた。

「あの黒髪の……ヴァツリークだって」

「他の学生に絡んで、何してるんだ？」

声のしたほうをじろりと睨《にら》む。目が合った学生たちが、びくっと身を震わせた。

「うわぁ、性格悪そう」

再び前を向くと、後ろからそんな囁きが聞こえた。


ヴァツリーク家といえば、この国の人々はまず、時の宰相を思い浮かべるだろう。

サフィール王国の前王と現王の二代にまたがる治世で、宰相を務めるアレシュ・ヴァツリークは、アンジェリンの祖父である。

齢《よわい》七十を過ぎてもまだまだ元気だ。殺しても死にそうにない。

その長男、ヴァツリーク家次期当主がアンジェリンの父で、彼は祖父に代わってヴァツリーク家の広大な領地と多岐《たき》にわたる事業を一族と共に運営している。

アンジェリンは、三人兄弟の末っ子だ。二人の兄たちは、王立学院大学卒業後、父の仕事を手伝っている。

アンジェリンも男だから、順当に行けば大学卒業後は、兄と共にヴァッリーク一門の事業運営に携わるはずだった。

しかし、高等部在学中に発情期を迎え、オメガであることが判明した。

男性のみにある第二性、アルファ、ベータ、オメガの三つの性別のうち、アルファとベータは血液検査でもしない限り、自分でも自身の性をはっきり自認できない。でもオメガは違う。

多くが十代の後半で最初の発情期を迎え、それ以降は女性の月経と同様に、ある程度定まった周期で発情期を迎える。

あのベータの二人連れが揶揄したように、アルファを惑わせ発情を促すものだ。

男性の中でオメガだけが、アルファの男性と性交することで妊娠できる。そして、アルファとオメガの両親の間に生まれる子供はほとんどが男性で、やはりアルファ性かオメガ性であることが多い。

逆に、男女の両親の間に生まれるのはほとんどがベータ性か女性だ。アルファ性、オメガ性は滅多に生まれない。

そのためか、アルファとオメガが男性人口に占める割合は、いつの時代も二割前後だ。ベータを超えて多数派に転じることはない。

サフィール王国では、中学卒業までに習う知識である。

ついでにいえば昔からどの国も、男性の、とりわけアルファ性優位の社会だったから、アルファを産むオメガは、それなりに貴重な存在だった。

それなりに、というのは、アルファを産むために求められる一方で、獣のように発情し、勇猛なアルファを惑わせ堕落させる、忌《い》むべき者とされてきたからである。

時代が変わった今も、女とオメガは家の中にいるもの、という風潮は残っている。

アンジェリンも、生まれた家が女とオメガに教養はいらないという方針であったなら、こうして大学に通えず、今頃は家で刺繍《ししゅう》と礼儀作法の練習でもしていたかもしれない。

幸いにしてヴァッツリーク家は、どんな人生を歩むにせよ、教養は邪魔にならないという考えだったので、付属の高等部から選考試験を経て、大学に進学した。

でもいずれ大学を卒業したら、どこかの貴族か王族に嫁がされるのだろう。アンジェリンには知らされていないが、両親や祖父あたりは、すでに水面下で動いているに違いない。

「今年の誕生日も、ヨハネス殿下の婚約発表はなかったね」

午後、大学構内の一角にある黴《かび》臭い研究室で、アンジェリンの友人が言った。彼は、アンジェリンに話しかけたのだろう。

その話題にムッとするアンジェリンの代わりに、この研究室の主が「そうだねえ」と、のんびりした声を返した。

「ヨハネス様とお年の近い王弟殿下も、三十になってようやくご結婚されたからね。その点、ヨハネス様はまだ二十一歳、しかも学生の身だ。これからじゃないかな」

「最近の王族は、ご結婚が遅くなる傾向があるみたいですね」

友人は話しながらも、手は動かしている。机の上に置かれた古びた民具を画用紙に写生する。経済学の学生なのに、なかなか正確に描けていた。

おかげでアンジェリンも、口ばかり動かしてないで仕事を……という小言が言えずにいる。

嫌な話題に、ただでさえイライラしているところに、研究室の主が、

「喉《のど》が渇《かわ》いたな。お茶にしようか」

などと言い出すから、アンジェリンは目を吊り上げた。

「またですか。さっきも休憩しましたけど」

「もう一時間も前だよ、アンジェリン君。仕事には定期的な休憩が必要だ」

そんなことを言っているから、この部屋がいつまでも片付かないのでは、と思う。

民俗学研究室は、主であるドランスキー教授が蒐集《しゅうしゅう》した古い民具で溢《あふ》れかえっている。この民具の形状を正確に描き写し、使用していた場所、用途などを書き込んだものを綴《つづ》って、研究資料とする。

教授一人では手が回らないので、学生たちが駄賃をもらって手伝いをしている。しかし、一昨年卒業したアンジェリンの次兄の話では、研究室は片付くどころか、年々民具が増えて混沌《こんとん》は増しているらしい。

「どうせなら、おやつにしましょうよ」

こっちは一つでも多く民具をやっつけたいと思っているのに、友人は早々に鉛筆を放り出した。

アンジェリンの数少ない友人、栗色巻き毛のトマーシュ・ミケルは、初等部からの付き合いだ。

トマーシュの祖父はニシンの瓶詰めを売り出して大金持ちになり、父の代で爵位を得た新興貴族である。ヴァッツリーク家のような古い名門の貴族とはあまり付き合いがないが、家のことは関係なくトマーシュとは昔から気が合った。

お調子者でたまにイラッとするけれど、アンジェリンのことをヴァッリークの子息ではなく、ただの友達として扱ってくれる。

「お茶を淹《い》れてくる」

意見が二対一なので、アンジェリンは諦めて申し出た。研究室の端に置かれたアルコールランプに火をつけ、お湯を沸かしてお茶を淹れる。

「最近は、王族や名家の貴族の人のほうが、俺たち新興貴族や平民より結婚が遅いですよね。アンジェもまだ、一度もお見合いをしたことないだろ」

お茶の用意が終わってもまだ、話題は変わらなかった。あまりこの話を続けたいと思わない、という意思を表すために、ぎゅっと眉間《みけん》に皺《しわ》を寄せてみせる。

「あったらお前に話してる」

愚問だ。トマーシュも「だよね」と、肩をすくめた。そこで、ドランスキー教授がクスクス笑った。

「トマーシュ君はアンジェリン君に、そういうお前はどうなんだ、と聞いてほしかったんじゃない？」

アンジェリンが「そうなのか」と隣を見ると、トマーシュはお茶を飲みながら「へへ」と頭を掻《か》いた。図星のようだ。

「今度、お見合いすることになったんだよね。俺の家と同じ、新興の男爵家の娘さんなんだけど。評判の美人らしくて」

トマーシュはベータだから、縁談となれば家格の釣り合う家の女性になる。

ベータは女性と、アルファはオメガと番《つがい》になるのが普通だ。それ以外の組み合わせは、法律で認められていないわけではないが、慣習から逸脱しているとしてあまり歓迎されない。

「トマーシュは面食いだからな。よかったな」

「評判どおりかは、会ってみないとわからないけどね」

なんてことを言いつつ、トマーシュは嬉しそうだ。縁談がそんなに嬉しいのか。アンジェリンにはよくわからない。

「アンジェリン君にも、縁談そのものは来てるんだろうけどねえ」

せっかく話題がトマーシュに移ったのに、教授がまた蒸し返した。

今年で四十五になるというドランスキー教授は、のほほんと浮世離れしているが、なかなか食えないところもある。

そして、アンジェリンの親戚だ。母の従兄《いとこ》なので、アンジェリンの従兄小父《いとこおじ》、ということになる。

王立学院の卒業生であり、名門ドランスキー家の子息だ。

だからこそ、オメガの身で結婚もせずに大学にとどまり、教授という肩書きまで与えられたのだろう。学者として優秀かどうかにかかわらず、オメガや女性が独身のまま仕事を続けるというのは、今の世でもなかなか難しい。

「君のお母上、ジークフリートあたりはもう動いてるんじゃないかな。彼は野心家だから」

従兄小父の目が好奇心に満ちるのを見て、アンジェリンは軽く肩をすくめた。

「父も野心家ですけどね。でも僕は何も聞いていません。聞いたところで、どうにかなる問題でもないし」

両親が、あるいは祖父が有益だと決めた相手のところへ嫁がされるだけだ。

「アンジェリン君が望めば、ご両親も案外、聞き入れてくれると思うけど」

「そうだよ。希望があれば言ったほうがいいよ」

「僕は恋愛なんてしないし、結婚だってしたくない」

トマーシュと教授はこの手の話が好きだが、アンジェリンは苦手だ。だからきっぱり言った。

「せっかく大学に入れたんだから、今は勉強していたい。結婚だって、避けられないから諦めてるけど、できるならしたくない。誰とも結婚したくない」

言ってから、急に恥ずかしくなった。

二人は、アンジェリンの例の事件を知っている。

恋愛なんてしない、結婚したくないと言っていたアンジェリンが、数年前の高等部ではどんな様子だったか、あの事件の時、本当は何があって、どんなふうに傷ついたのか、何を諦めたのか、トマーシュはもちろん、誰よりアンジェリンの近くにいて知っている。

ドランスキー教授だって親戚だから、おおよその事情は聞いているはずだ。

「オメガなら結婚しなくちゃなんて、僕は口が裂けても言えないけどねえ。もし結婚しないで自由に人生を選べるとしたら、君はどうしたいんだい」

教授は鼻白《はなじろ》むでもなく、優しい微笑みを浮かべて尋ねた。トマーシュも、興味深そうにこちらを見ている。そこにからかいの色などない。

「海外に留学したい。たとえば、隣のネフリト共和国とか」

少し考えて、答えた。教授が「なるほど」と、うなずく。

「ネフリトには確か、有名な経済学者がいたね」

「はい。今は国立大学の教授をしているというので、彼の大学に研究生として入れたら嬉しいです」

その場の思いつきだったけど、口に出してみるといい案に思えた。

あの事件で、ただでさえ評判のよくなかったアンジェリンとヴァッツリーク家の悪評が高まった。

それでも祖父や両親は、都合のいい家にアンジェリンを嫁がせるだろう。相手だって、権力を笠に無理やり縁談をねじ込まれて、喜ぶはずがない。

婚家で身の置き所もなく一生を終えるより、無理を通してでも今、外国に出たほうがいいかもしれない。

隣国なら、国内ほどではないが、ヴァッツリーク家の威光が通じる。何でも家に頼って情けないけれど、使えるものは何でも使えと言うではないか。

「ふうん。ネフリトの国立大学といったら……パタ大学だけだよね。あそこなら、僕の知り合いがいるな。外国からの研究生を受け入れているか、聞いてみようか」

「本当ですか」

言ってみるものだ。しゃきっと背筋を伸ばしたアンジェリンに、教授は笑って「まずは聞くだけね」と、なだめる口調で言った。

「君はまだ、我が大学の一年生なんだから。ここでやれることを頑張りなさい」

「もちろんです」

結婚しなくて済むかもしれない。この大学四年間の頑張りによっては。

目の前が明るくなった時、研究室のドアがノックされた。どうぞ、と教授がのんびり応答する。

「失礼します」

扉の向こうから聞こえた声に、アンジェリンは思わず表情を強張らせた。トマーシュも隣で、あ、と小さな声を上げる。

間もなくドアが開いて、まばゆいばかりの金髪の美男が現れた。


美男は、輝くような金髪に、この国の名と同じ、碧《あお》い宝石のような瞳をしていた。長身で身体つきは逞《たくま》しく、神話から抜け出した男神のように気品があって美しい。

彼が誰なのか、王立学院の学生でなくても、サフィールの国民のほとんどは知っているはずだ。

ヨハネス・サフィールという、国名を姓とする彼は、国王の一人息子であり、王位継承順位第一位の、この国の王子である。

アンジェリンより二つ年上で、初等部からの先輩で幼馴染みで、さらに家系を辿れば親戚でもある。

宰相の孫と国王の息子は、物心ついた頃から折に触れて交流があった。

学校の校舎で、ヨハネスが出席するパーティーで、国の催しで、かつてのアンジェリンはいつだって、いの一番に彼の姿を探したものだ。

その姿を見るだけで心が躍《おど》った。ほんの一言、二言、会話を交わしただけで有頂天《うちょうてん》になった。

ヨハネスに憧れていた。彼が大好きだった。昔は……三年前のあの事件の前までは。

「おや、殿下。どうしたんです」

表情を失ったアンジェリンの向かいで、教授が普段と変わらないのんびりした声を上げる。

「殿下も民具整理の仕事を手伝いますか」

教授の軽口を受け、ヨハネスもふふっと笑う。

「まさか。俺に絵心がないのは、教授もご存知でしょう」

無表情だと冷酷に見える美貌も、少し微笑みを乗せるだけで優しく人当たりがよく見える。

そういうところは、羨《うらや》ましい。アンジェリンなんか、無表情でも何か企んでいそうだと言われ、微笑んでもやっぱり、何か企んでいるだろうと言われるのに。

「うちのクーベリック教授が、先生にぶんどられた鳥かごを返してもらってこいと言うんです」

何の用だと聞かれる前に、ヨハネスがにこやかに用件を告げた。教授は「クーベリック教授の鳥かご？」と、首をひねった後、すぐに「ああ、あれか」と、思い出したようだった。

「ええと、どこにやったんだっけ。珍しい意匠《いしょう》でね。学生に写生をさせたんだけど」

ブツブツ言い、「ちょっと探してくる」と、研究室の隣の物置に行ってしまった。

ヨハネスはこの場に残り、アンジェリンは気まずさを覚える。けれどヨハネスのほうは、気まずさなど微塵《みじん》も感じていないようだった。

「やあ、アンジェリン。トマーシュ。教授の手伝いかい。忙しいだろうに」

初等部から一緒の『内部生』は、公の場以外ではお互いを名前で呼び合う。学年がうんと上でも下でも、それは変わらない。昔からのしきたりだ。

そうなんです、とトマーシュが答える横で、アンジェリンはどうにか愛想笑いを張り付けた。

「殿下こそ、教授の使い走りをなさるなんて。三年生でお忙しいでしょうに」

大学は、学年が上がるほど忙しくなると聞いている。卒業までに自分の研究分野をまとめ、論文にして発表しなければならないし、三、四年の授業は宿題の量も多くて、内容も難しくなる。

それに加えてヨハネスは、国王に付いて様々な公務に参加していると聞いている。

「息抜きだよ。それよりアンジェリン。先日の花見祭りは姿を見なかったね。今年こそは、君も参加していると思ってたんだが」

王宮で毎年催される、国王主催の花見の宴《うたげ》だ。ヴァツリーク家をはじめ、招待される家はある程度決まっている。

王宮に咲く花を楽しみながら、美味しいご馳走《ちそう》やお菓子が食べられて、楽団や軽業師を招いて趣向も催される。

アンジェリンも以前は欠かさず参加していて、楽しみにしていた。でも、高等部の一年を最後に参加していない。

花見の祭りに限らず、この三年ほど王侯貴族が集う催しは、よほどのことがない限り欠席している。今後もできる限りそうするつもりだった。出たところで居心地の悪い思いをするだけだ。

アンジェリンがそうする理由を、ヨハネスも知っているはずだ。知らないわけがない。なのにそのことをおくびにも出さず、王子はにこやかに「残念だな」などと言う。

「久しぶりに正装をした君を見たかったんだが。さぞ美しかったろうね」

「殿下にそんなふうに言っていただけるなんて、たとえ社交辞令だとしても嬉しいです」

アンジェリンは、精いっぱいの愛想笑いを張り付けて答える。

「社交辞令じゃない。本当のことだよ」

ヨハネスもにっこり微笑んだ。こちらも愛想笑いだろうが、アンジェリンより自然で爽やかだ。

ありがとうございます、と控えめなお辞儀をした。

「花見の祭りはあいにく、体調が優れず欠席させていただいたんです。僕のような身の上の者は、時折こういうことがありますから」

暗に、発情期だったと伝える。事実は違うが、口実としてはこれが一番無難だ。

「そうか。そういうこともあるだろうね。残念だが、また次の機会もあるだろう。楽しみにしてるよ」

アンジェリンはそれに、応じるでも断るでもなく、無言の微笑みを浮かべた。

内心では、どうしてこの方は、こうも白々しく思ってもいないことを並べ立てるのだろうと思う。

アンジェリンが社交界に出るつもりがないことなど、わかりきっているのに。

わざとだろう。アンジェリンの本音と建前に気づかないほど、ヨハネスはとぼけた人ではない。穏やかでのんびりして見えるが、見えるだけで実際は切れ者だ。

するとこれは、嫌味かもしれない。その気のないアンジェリンにチクチクと「参加できなくて残念だ」と言う。お前みたいな者は、今後も参加するなという意味かもしれない。

さすがに深読みしすぎかと思い直したが、ヨハネスが公式の場でもない大学の一室で、余計な社交辞令など言うはずがない。社交辞令でないなら、やっぱり嫌味だ。

猜疑心《さいぎしん》が膨《ふく》らむと、ヨハネスの先ほどの言葉も腹立たしく感じられた。相手の笑顔さえ憎らしく思えてくる。

微笑みを張り付けたまま、アンジェリンは早く教授が戻ってこないかと内心でそわそわした。

あるいは、隣の友人が何か間を持たせるようなことを言ってくれないかとも考えたが、社交的で誰に対しても物怖じしないトマーシュは、こんな時に限って澄ました顔でお茶を飲んでいる。

何か言うべきだろうか、と話題を探したところで、ようやくドランスキー教授が大きな鳥かごを手に戻ってきた。

「お待たせして申し訳ない。実に興味深い意匠だったと、クーベリック教授にお伝えください。できたら僕の蒐集品に加えたいなあって言ってたことも」

図々しい教授に、ヨハネスは苦笑して鳥かごを受け取る。

「わかりました。伝えるだけ伝えておきます。では、お邪魔しました」

アンジェリンとトマーシュにも会釈《えしゃく》をし、王子様は颯爽《さっそう》と去っていく。

彼が部屋を出て、足音が遠ざかるのを待ち、アンジェリンは大きく息を吐いた。

「アンジェ、仮面みたいな笑顔になってたよ」

トマーシュが苦笑する。そう言う彼がヨハネスをどう思っているのか、そういえば聞いたことがない。アンジェリンと違って、否定的な感情はないだろう。

ヨハネスは、誰もが尊敬と憧憬《しょうけい》の念を抱かずにはいられない相手だ。

美しく雄々《おお》しく優秀で、それでいて身分をひけらかさない。誰にでも公平で、穏やかで優しく、いざという時は冷静に人々を導く。

まさに王になるべく生まれてきた人だ。アンジェリンも、それは認める。ただ、こちらが一方的に苦手に思っているだけ。

誰にでも物柔らかな王子に、冷たい侮蔑の視線を向けられ、絶望したことがあるだけだ。

「ふう。お茶がすっかり冷めてしまったな」

ドランスキー教授が残念そうにお茶のカップに触れる。そろそろ作業に戻るべきでは、と思ったが、アンジェリンは「淹れ直しましょう」と、申し出た。

ここはアンジェリンの巣穴だ。

普段のアンジェリンは、虚勢を張って生きている。過去のことなんて気にしていないふりで、自分に非はないのだからと、今までと変わりなく振る舞っている。

だから先ほど、心無い二人連れの外部生に対しても偉そうに、ヴァッツリークの名を出して牽制《けんせい》した。

しかし、実際のアンジェリンは臆病《おくびょう》だ。いつだってビクビクしている。

威勢のいいふりをして、たびたびこの研究室に逃げ込む。ここなら安全だし、教授もトマーシュもいる。他の学生たちも出入りしているけれど、ドランスキー教授に付いている学生たちはみんな、真面目で気の置けない人たちばかりだ。

アンジェリンの人となりも、ある程度は知ってくれている。少なくとも、噂を鵜呑《うの》みにしたりはしない。

優しい人たちに囲まれて、自分は恵まれている。幸せだと思う。

このまま卒業して外国へ行き、学問を続けながらひっそり生きて、できればみんなに忘れ去られたい。

それが今年で十九歳になる、アンジェリン・ヴァッツリークの望みだった。


うんと幼い頃からアンジェリンは、お前は将来、ヨハネス王子のお妃になるのだと言われてきた。

「国王陛下のお隣にいらっしゃるのが、ヨハネス殿下だよ。王子様だ」

三つか四つの頃、親に連れられていった王宮の催しで、国王の隣に立つ煌《きら》びやかな少年を目にしたのが、アンジェリンのヨハネスにまつわる最初の記憶である。

母の言う「王子様」がどういう存在なのか、その頃はまだよくわからなかったけれど、柔らかな金髪の、まだ女の子にも男の子にも見える美しい姿に魅了された。

「アンジェリンがオメガだったら、ヨハネス王子のお嫁さんになれるかもしれない。そうなったらアンジェリン、お前はお妃様だ」

そう言ったのは、父だったか祖父だったか。

第二性がわかるのはまだうんと先、十代の半ばから後半になってからだが、誰もがヨハネスはアルファだと信じていたし、ヴァッツリーク家の面々は華奢で小柄なアンジェリンにオメガの夢を託した。

アンジェリンも絵本の王子とお姫様に自分たちを重ね、ヨハネスの妻になることを夢見ていた。

王立学院の初等部に入ると、ヨハネスとも学院で顔を合わせるようになった。

二歳年上の王子は子供ながらに社交的で、いつ見ても人の輪の中心にいた。彼も彼の周りもキラキラと華やかに見え、アンジェリンはいっそう王子に憧れた。

でもやっぱり、当時は憧れ以上の感情はなかったように思う。

本当の意味でヨハネスに恋をしたのは、中等部に上がってからだ。

アンジェリンが中等部の一年生になった時、すでに三年生だったヨハネスは、背もぐんと伸びて声も変わり、すっかり男らしくなっていた。

まだまだ子供っぽい三年生が多い中で、ヨハネスは初等部の時もそうだったように、すでに大人の落ち着きを備えていた。

高等部にいたアンジェリンの次兄のほうが、子供っぽく思えたくらいだ。

生徒会長でもあったヨハネスに、憧れる生徒は少なくなかった。次期王妃に、と野心を抱いていたのは、アンジェリンや一部の高位貴族くらいだろうが、学生時代に一度でもいいから付き合いたい、と考えている生徒はいたはずだ。

何年の誰それがヨハネス殿下に告白した、という話を、アンジェリンも噂に敏感なトマーシュからよく聞かされていた。

告白した生徒は、軒並みヨハネスに振られていた。例外は聞いたことがない。

「そりゃあそうですよ。中等部ともなれば、交友関係が将来にも関係してきますから」

「殿下のお相手は、間違いなくアンジェリン様でしょう。それはもう決まりですよ」

中等部に上がってから、同じクラスの生徒が数人、アンジェリンにまとわりつくようになった。

彼らは早々に「アンジェリンの取り巻き」と呼ばれるようになったが、アンジェリンは取り巻きにした覚えはない。しかし、自分に懸命に話しかけてくれるクラスメイトをむげにはできなかった。

それに、彼らは外部生だ。初等部から持ち上がりの内部生が、入学式からすでに顔見知りで友達の輪ができているのに対し、外部生はみんな転校生みたいに心細そうな顔をしている。

早く馴染まなくちゃ、という焦燥《しょうそう》が見えて、アンジェリンも初等部に上がったばかりのことを思い出した。みんな最初は不安なのだ。

だからアンジェリンも、新しい友人たちと打ち解けようと頑張った。

しかし、「取り巻き」たちは友達というより家来のようにアンジェリンに付き従う。何かにつけておべっかを使ってくるし、自分たちより身分が低いからと、トマーシュを悪く言うのも腹が立つ。

だんだんと彼らを鬱陶《うっとう》しく感じるようになっていた。

そんな時、密かに憧れていたヨハネスのことで、またお世辞を言い始めた。ヨハネスへの気持ちを言い当てられたようで恥ずかしかったし、腹が立った。

「何も決まってやしない。勝手に話を広げないでくれないか」

一学期も半ばに入った昼休み、食堂で食事を終えた後のことだ。「取り巻き」たち三人とアンジェリンは、校庭の芝生の隅で車座になっていた。

トマーシュともう一人、初等部から仲のいいクラスメイトは、食堂を出ると他の友達に誘われてボール遊びをしに行っていた。自分も交ざりたかったけど、「取り巻き」も連れると定員超過だ。したくもないおしゃべりに興じるしかなかった。

「で、でも。ヨハネス様の許嫁候補は、アンジェリン様だと評判ですし」

アンジェリンが珍しく冷たい態度を取ったので、「取り巻き」たちは一瞬怯んだ。でも、一人が果《か》敢《かん》に食い下がる。アンジェリンは苛立《いらだ》って、さらに言い返した。

「噂を広めてるのは君たちだろう。僕は迷惑だ」

「それは、申し訳ありません。お二人はお似合いですし、お妃様はアンジェリン様こそ相応しいと……」

「僕は殿下のお妃なんて興味ない。まだオメガだと決まったわけでもないし。だいたい、僕はヨハネス殿下なんて嫌いだね。いつも笑顔で胡散臭《うさんくさ》い。腹の中で何を考えているのかわからない」

相手が引き下がらないから、こっちもむきになってまくし立てた。本当は、ぜんぶ嘘だ。

お妃候補はともかく、ヨハネスのことが好きだし、胡散臭いなんて思ってもいなかった。それどころか、いつも笑顔が素敵だなと見るたびに胸をときめかせていた。

笑顔を絶やさず誰にでも公平な態度を取るのは大変だろうに、それを面《おもて》に出さないところも素晴らしいと思っていた。

でも、クラスメイトたちの前でそれを素直に認めるのは、何だかすごく恥ずかしいことのように思えた。

ヨハネスのことなんて何とも思っていない。そう言いたかったのだ。

「あっ……」

アンジェリンが鼻息を荒く悪口を言った直後、「取り巻き」の一人がアンジェリンの後ろを見ながら、小さく声を上げた。残りの「取り巻き」二人もそちらを見て、一様に息を呑む。

嫌な予感がして、アンジェリンも恐る恐る背後を振り返った。

ちょうど、芝生の後ろにある通路を、ヨハネスとその友人たちが通り過ぎるところだった。

今のアンジェリンの声が聞こえただろう。聞こえなかったはずがない。

「ヨハネス。言われてるよ」

ヨハネスと並んで歩く三年生が、アンジェリンを見て笑いながらそんなことを言っていた。他の友人たちもクスクス笑い、気安い態度でヨハネスの背中を軽く叩《たた》いていた。

ヨハネスは、困ったような微苦笑を浮かべ、ちらりとアンジェリンを見た。自分はさぞ、滑稽《こっけい》な顔をしていただろう。

それでも王子は、小さく会釈をして去っていく。王子もその友人たちも、優雅で大人びていた。

照れ臭さに人の悪口をわめく、子供っぽい自分と何と差のあることか。アンジェリンは羞恥心《しゅうちしん》が込み上げ、かあっと顔が熱くなった。

ヨハネスに聞かれてしまった。きっと嫌われた。絶対に嫌われた。どうしよう。

目の前がチカチカするくらい恥ずかしくて、アンジェリンは逃げ出した。

「アンジェリン様」

後ろから「取り巻き」たちの慌てた声が聞こえたが、知らんぷりした。とにかく、その場を離れることしか考えられなかった。


ヨハネスに嫌われた。それきり「取り巻き」たちは、アンジェリンとヨハネスの関係をほのめかすことはなかったが、アンジェリンはあの時の羞恥が忘れられず、「取り巻き」たちをいっそう、疎《うと》ましく思うようになった。

すり寄ってご機嫌を取ってくる彼らに冷たく接し、遠ざけようとした。

「あいつらと仲良くしなくて、いいの？」

あまりに急であからさまだったので、トマーシュから心配されたほどだ。

「家同士で、派閥とかあるんじゃないの。僕んとこは下っ端すぎて、関係ないけどさ」

「別に。親からは、そういうのは気にしなくていいって言われてる」

これは本当だった。アンジェリンが三男だから、というのもあるが、親の派閥で友達を決めることはない、と両親からは言われていた。

ヴァツリーク家の者は、そんな些末《さまつ》なことを気にする必要はない。誰におもねる必要もない、という意味でもあった。

「僕は今までどおり、トマーシュとデニスといるほうがいい」

「僕も」

トマーシュがニヤッと笑ってうなずいたので、アンジェリンは嬉しかった。それからは初等部の時と同じように、トマーシュと、それからデニス・ジヴニーというもう一人の友人と三人でいることが多くなった。

「取り巻き」たちはどうしたかというと、それからしばらく、三人だけでつるんでいた。

だからアンジェリンは、納まるべきところに事が納まったのだと、呑気《のんき》に考えていた。

そうではなくて、アンジェリンの行き当たりばったりで身勝手な態度が「取り巻き」の三人を傷つけていたこと、彼らとの間に禍根《かこん》を残していたことを知ったのは、一年の三学期になってからだ。

それは年をまたぐ冬休みを終え、短い三学期の半ばのとある放課後だった。

アンジェリンはその日、学校の図書室で試験勉強をしようとしていた。

勉強なら家でもできるのだが、図書室には三年生がよく集まって勉強している。ヨハネスの姿を一目見られないかな、といじましいことを考えて、毎日のように居残りしていたのだった。

その日も授業を終え、教師にわからないところを質問した後、図書室に向かおうとした。

図書室に行くには、教室を出て真っすぐ、校舎の反対棟へ行かなくてはならない。途中、校舎の出入り口を横切ろうとして、柱の向こうから「取り巻き」たちの声が聞こえた。

「俺、あいつ嫌い」

「俺も大っ嫌い」

「本当にムカつくよな」

あまりに憎しみのこもった声だったから、どきりとして思わず足を止めてしまった。

トマーシュか、デニスのことだろうかと思う。「取り巻き」たちは、二人を馬鹿にして冷たく接していたから。

もし、彼らが親友二人の悪口を言うなら、出ていって窘《たしな》めようと思っていた。おめでたい勘違いだったと気づいたのは、その直後のことだ。

「優等生ぶってさ。さっきだって、『先生、質問があるんですが』なんて言っちゃって」

「周りに褒めてもらいたいんだろ」

「そのくせ、こっちが褒めてやっても、わざとムスッとしちゃってさ」

彼らがムカつくと言っているのは、アンジェリンのことだった。嫌悪にまみれた声音に、アンジェリンは腹が立つよりも怖くなった。

ヨハネスの一件があってから、彼らに冷たく当たって遠ざけた。あれから話すことは少なくなったけど、同じクラスメイトだから言葉を交わす機会は何度かあった。

彼らはいつも、アンジェリンの機嫌を窺《うかが》い、遠慮がちながらも友好的な態度を見せていたのに。

本音はまったく違っていたのだ。

「あいつ、口ではあんなこと言ってたくせに、やっぱりヨハネス殿下のことが好きなんだぜ」

「知ってる。殿下が通るとそわそわしてやんの。ずっと殿下のこと見てるし」

「馬鹿だよな。あんなチビガキのこと相手にするわけないじゃん」

「あのブスがベータだったら笑えるな。あいつときたらもう、すっかりその気なんだから」

三人は言って、クスクス笑った。先へ進むのに、彼らのいる出入り口の前を横切らなければならない。このままそっと、元来た道を戻るのが賢明なのだろう。

しかしアンジェリンは、その場を動くことができなかった。彼らの口から出てくる言葉に怯えていた。羞恥心に身体が震える。

彼らから、そんなふうに思われていたなんて。

隠せていると思っていた、ヨハネスへの思慕も知られていた。誰にでもわかることなのだろうか。

みんな、トマーシュもデニスも、三人と同じように思っているのだろうか。

自意識過剰で天邪鬼《あまのじゃく》。殿下がアンジェリンを何とも思ってないことなんて知ってる。

いや、本当は、もしかしたら……と、期待を寄せていた。もしかしたら自分と同じように、ヨハネスもアンジェリンを思ってくれていたりして、と。

自分でも都合のいい期待だと思っていて、その愚かさを突き付けられた気分だった。

おまけにチビでガキで、不細工《ぶさいく》で。

「あいつがヴァツリークでさえなかったらな」

「そしたら、あんなガキの顔色を窺う必要もないのにな」

元来た道を戻らなくてはと思うのに、身体が固まって動かない。

その時、誰かにポン、と肩を叩かれて、アンジェリンは危うく悲鳴を上げるところだった。

息を吸い上げたと同時に、横から「しっ」と、小さく制される。相手を見てまた、声を上げそうになった。

何と、そこにいたのはヨハネスだった。彼はびっくりするアンジェリンの手を優しく取ると、そっと後方へ退避した。
廊下をしばらく歩き、誰もいなくなった一年生の空き教室に入る。アンジェリンは手を引かれるま
ま、呆然とした状態で足を動かしていた。
「彼らがいなくなるまで、少し待つしかないね。図書室へ行く途中だったんだろう？」
首を伸ばすと廊下の見える位置に立って、ヨハネスは言った。アンジェリンはぎこちなくうなずく。
それから、ちらりと相手を見た。
ヨハネスも、さっきの三人の話を聞いただろうか。いつから聞いていた？　彼はどう思っただろう。
即座にそうした疑問が頭の中で取り巻いたが、ヨハネスはいつもの優しい微笑みをたたえたままで、
内心はどう思っているのか窺えない。
「わりと最初から、聞いてたよ」
ヨハネスがこちらを見て、アンジェリンの思考を読んだように言った。驚いて口を開けていると、
相手は軽く目を細めて続ける。
「前を歩く君を見つけて、声をかけようと思ったんだ。今日も図書室に行くの？　ってね。このとこ
ろよく、居残り勉強しているのを見かけるから」
それはただ、状況を説明するための言葉だっただろう。けれどアンジェリンは、先ほどの悪口もあ
って、何もかも見透かされた気分で恥ずかしかった。
家でもできる勉強を、わざわざ図書室でやっていたのは他でもない、ヨハネスに会うためだ。
顔が熱い。アンジェリンは顔をうつむけた。身体がひとりでに震える。手を前に組み、ぎゅっと唇
を噛んだけれど、震えは止まらなかった。

「彼らは以前、君の周りにいた取り巻きたちだね。そういえば最近は、君と一緒にいるところを見なかったな。大方、君が冷たくして、彼らの反感を買ったといったところか」

こんな時だけど、ヨハネスのことをすごいと思った。一年のアンジェリンたちのことまで、よく見ていて、状況を正確に把握している。

「彼らにあんなふうに言われて、傷ついた？」

ぽつんと落ちてきた言葉に、アンジェリンはハッとして顔を上げた。

ヨハネスは相変わらず、微笑みをたたえていた。でも、わずかに細められた青空色の瞳が、どこか面白がってでもいるような、酷薄そうに見えたのは、気のせいだろうか。

アンジェリンは咄嗟に言葉が出ず、でも何も答えないのも失礼だと思い、ぎこちなくうなずいた。

ヨハネスは笑みを深くする。そうすると、いっそう冷たく見えた。

「君は、頭の中で考えていることが丸わかりなんだよ、アンジェリン。その素直さは、本来なら良いことだけど、俺たちみたいな人間には弱点になる」

俺たち、というのが、アンジェリンを含んでいることはわかったが、それがどういう人間なのかまでは、わからない。

「生れながらに、自分の言動とは関わりなく、敵が多い人間のこと」

また、考えていることを読まれた。そんなにわかりやすいのだろうか。

「丸わかりだって言ったろ」

すぐさま答えが返ってきて、慄《おのの》いた。どんな顔をすればよいのか困っていたら、ヨハネスはおかしそうに笑った。いつまでも大袈裟に笑うので、だんだん腹が立ってくる。

「あなたは意地悪な人だ。意地悪の腹黒だ」

思わず言うと、ヨハネスはまたおかしそうに顔を歪《ゆが》める。

「そうかもね。でも普段はそうは思わないだろう？　ああ、君はちゃんと言い当てていたんだったな。胡散臭い、腹の中で何を考えているかわからない、だっけ」

半年以上も前のことなのに、ヨハネスはちゃんと覚えていた。あの時、何でもないように振る舞っていたが、やっぱり根に持っていたのだ。

悪口を言った自分が悪いのだけど、アンジェリンは泣きたくなった。うつむいて涙が出そうになるのをこらえていると、頭上でクスッと笑う声が聞こえた。

「君は本当に、悪意に慣れてないんだな。恵まれて、甘やかされて育ったんだね」

確かに自分は恵まれている。でも、甘やかされていると感じたことはなかった。

反発心が湧いて顔を上げると、ヨハネスの冷ややかな碧い瞳とぶつかった。アンジェリンを観察するような、無慈悲な眼差しだ。そのくせ表情は、笑いをたたえたままでいる。

「俺が、意地悪で言ってると思ってる？」

王子は、アンジェリンの瞳を覗《のぞ》き込んで尋ねた。そのとおりだと思ったから、何度も首肯《しゅこう》する。

「半分当たりで半分はずれ。君があんまり子供っぽいから、ちょっとイラついて意地悪しちゃった。ごめんね」

これほど心のこもっていない謝罪を聞くのは初めてだ。これが本当に、あの人格者だと評判のヨハネス王子かと疑いたくなる。

でも、そうしたアンジェリンの内心の戸惑いさえ、目の前の少年はすっかり見透かしているようだった。おかしそうに笑い、さらにアンジェリンの表情を見つめる。距離が近かった。

「君は将来、王妃になりたいの？」

「えっ？　それは……いいえ。別に、王妃になりたいわけでは」

突飛な質問に、しどろもどろに答えた。将来、ヨハネスの隣に座りたいとは考えていたが、野心的な意味ではなかった。

「君も生まれた時から、周りに言われてきたんだろう。俺もさんざん聞かされたよ。俺がアルファでアンジェリンがオメガなら、さぞ似合いの一対になるだろうって」

それはいかにもうんざりしている、といった口調で、アンジェリンは小さく傷ついた。

「俺の両親は、互いのことを『運命の番』だって言い張ってるから、俺にも運命だと思える相手を見つけてほしいんだろうけどね。結婚の話が当事者だけでは済まないのが王族というものだ。それは宰相家の君も同じだろう」

ヨハネスはそこで、微笑みを消した。これまで、柔らかく優しく感じていた美貌が、今は冷たく恐ろしく見える。

「いずれ、君と俺は結婚するかもしれない。俺たちの感情がどうであろうと、なる時はなる。俺が俺の意思にかかわらず、いずれ王位に即《つ》かなければならないのと同じで」

冷たい美貌の中に、皮肉が混じった。彼は王になりたくないのだろうか。

いや、なりたいとかなりたくないとか思う以前から、彼はすでに自分の将来を決められている。そのことに、苛立ちを感じているのだろう。

アンジェリンの長兄も、今のヨハネスと同じように皮肉っぽく愚痴をこぼしていたことがあった。

アンジェリン自身、自分の将来がすでにある程度、大人たちによって決められていることには反発を覚える。

恐らく王位継承者であるヨハネスは、アンジェリンや兄以上の重圧を感じていることだろう。

何を考えているのかわからなかった王子の内面が、ほんの少しだけ垣間《かいま》見えた気がした。

「だからね、アンジェリン。君にはもう少し、大人になってほしいんだ。今すぐにとは言わない。君はまだ、一年生なんだし。でも、いずれは俺たちの縁談が、冗談交じりじゃなくて本気で宮廷会議の議題に上がるだろう。その時までには、成長していてほしいな」

ね、と目を細めるヨハネスは、もう普段どおりの優しい王子様の顔をしていた。

「成長……」

アンジェリンは困惑する。何しろ自分では、いっぱしに成長しているつもりだったのだ。

初等部の頃から、年のわりにしっかりしていると言われていた。むしろ、周りの同じ年齢の子供より、大人びているとさえ思っていた。

しかし、そう感じていたのは自分だけだったらしい。ヨハネスに面と向かって言われて、ようやく気がついた。そうしてまた、思い違いをしていた自分が恥ずかしくなる。

「まず、人の悪意に慣れること。これは君のためでもある。君はヴァッツリーク家の令息なんだから、俺と結婚しようがしまいが、今後も一定の悪意にさらされ続けるよ。さっきみたいなことがあっても、立ち往生するんじゃなくて、さっさとその場を立ち去るか、さもなきゃ何食わぬ顔で彼らの前を通り過ぎるんだね。ごきげんよう、って笑って挨拶《あいさつ》を返せたら最高だけど」

さっきのあの状況で、ごきげんようなんて、挨拶できるわけない。でもそう、ヨハネスはやって見せたのだ。

ヨハネス殿下なんて嫌いだと言うアンジェリンを目の当たりにして、やんわり苦笑し、会釈して通り過ぎた。

「難しいかい？　でも、そのうちできるようになるよ。誰でもやっているようなことだ。それから今みたいに、何でもかんでも顔に出さないようにしてもらいたいね。すぐに感情を面に出すのは、貴族でなくても不利なことだ。これもまあ、大人になればある程度はできるようになる」

あまり期待していない、というような口調だった。アンジェリンはまた少し、傷ついた。

やっぱりヨハネスは、アンジェリンのことなんか、好きでも何でもなかった。むしろその存在を迷惑にさえ思っている節がある。

それでもこうして話しかけ、忠告するのは、自分の許嫁《いいなずけ》にするにはあまりにも、アンジェリンが幼稚だったせいだ。

「あとは、むやみに人に心を預けるな、かな。人の裏を疑えってこと。さっき、自分の元取り巻きたちが悪口を言っているのを見て、混乱していただろう。彼らが自分を嫌うなんて、思いもよらなかったって顔をしてたね？　あの三人は、最初から君のことなんか嫌いだったろうよ。家の威光を笠に着た、鼻持ちならないガキとしか思っていなかったはずだ」

「そんなこと」

ない、と言いたかった。入学式の日に話しかけてきた三人の、おずおずとした不安げな表情を思い出したからだ。

けれど、こちらが言い返す言葉を探す前に、ヨハネスは「あるね」と、きっぱり言いきった。

「君の後ろにヴァッツリーク家を見てすり寄ってくる連中は、君自身を見てはいない。そういう人間にいちいち心を預けていたら、裏切られるたびに打ちのめされて、べそをかくことになる」

廊下で泣きそうになっていたのを指摘され、またかあっと顔が熱くなった。ヨハネスは「ほらほら」と、からかうようにアンジェリンの頬を指差した。

「またすぐ顔に出る」

腹が立った。見かねて忠告するにしたって、意地の悪いやり方だ。今まで自分からアンジェリンに声をかけることなどなかったのに、何だって今日に限って、こんな意地悪をするのだろう。

「俺がこんなことを言うのはね、アンジェリン。もう一年も終わりだっていうのに、お妃候補の君があまりに危なっかしいからだよ。これじゃあ安心して高等部に行けない」

「じゃあ、留年でもしたらどうです？」

精いっぱい言い返したら、笑われた。

「その意気だ。いいね」

こちらが強く睨むと、相手はなおも楽しそうにする。

「アンジェリン・ヴァッツリーク」

ヨハネスはまた唐突にアンジェリンの名を呼び、恭《うやうや》しく右手を取った。王子の手はすでに大人の男のようにゴツゴツしていて、アンジェリンは心臓が口から飛び出るくらい、ドキドキした。

「二年になったら、生徒会に入るといい。学べることが多いよ。もちろん強制はしない。でももし、君が少しでも俺の伴侶になりたいと思ってくれているなら、さっき言ったことを覚えておいてほしい」

アンジェリンは言葉も出せず、黙ってうなずいた。すると美貌の王子は、淑女に対するように一礼すると、こちらを見つめたまま、アンジェリンの手の甲にキスをしたのである。

「……っ」

手を引こうとしたが、その瞬間に強く握られてできなかった。

「美しくて子供っぽいアンジェリン。俺の勘では、君はきっとオメガだよ。高等部で、成長した君に会えるのを楽しみにしてる」

じゃあね、とヨハネスは手を離した。教室にアンジェリンを残し、優雅に去っていく。誰が見ても優しそうだと思える笑顔を浮かべて。

「何なんだよ」

一人残されたアンジェリンは、自分の中に湧き上がる様々な感情について行けず、怒ったようにつぶやいた。右手が熱い。

出来物と評判のヨハネス王子は、本当は人格者でも何でもなかった。意地悪で、根性がねじ曲がっている。笑顔でそれを隠していたのだ。

覚えず彼の本性を知ってしまった。ここで幻滅できたら、どんなにかよかっただろう。

でも、こちらを見る冷ややかな眼差しと容赦のない言葉が、アンジェリンに魔法をかけた。いや、これは呪いだ。そして手の甲にキスされた瞬間、王子の呪いは完成した。

この身体の中で今、熱くて大きな塊《かたまり》がうねっている。胸を引き絞られるような切なさと、それとは真反対の、飛び跳ねたくなるような高揚感、その他、怒りだか悲しみだかわからない感覚が、暴風に揺れるかがり火みたいにアンジェリンの体内で右往左往している。

アンジェリンはヨハネスに恋をしてしまった。今まではぼんやりとした憧れだったのに、彼の強烈

な本性を見せられて本当の恋に落ちた。

優しい顔の時には心に響かなかったのに、腹黒の根性悪を見て好きになるなんて、どうかしている。

そう思っても、自分ではもう、どうすることもできなかった。


あの時を境に、自分は少し変わったと思う。

本質は変わらないが、人に対しては慎重になった。トマーシュから、「アンジェリンは最近、優しくなったね」と言われたから、たぶん以前より少しだけ、周りに気を遣えるようになったのだと思う。

それ以前の自分は、恥ずかしながらヨハネスの言うとおり、甘やかされた子供だった。

元取り巻きたちについては、なるべく気にしないことにした。これもやっぱりヨハネスの言うとおりで、これからも同じようなことはあるだろう。いちいち気にしてもきりがない。

アンジェリンは二年になり、ヨハネスは卒業して高等部へ行った。顔を合わせることはないけれど、噂は聞こえてくる。誰が王子に告白したとか、断ったとか。あるいは、王子と誰それが付き合っているのだとか。

それも、なるべく気にしないことにした。会わなければ忘れられるだろうと思っていたヨハネスへの感情は、離れても消えることなく、時にはさらなる勢いを増してアンジェリンを翻弄《ほんろう》した。

あまりに激しい感情なので、たまらなくなって時折、本人に想いの丈をぶちまけたくなることもあった。でももう、そんなのは無駄なことだとわかっている。

そんなことをしたらヨハネスは、あの内面の見えない微笑みを浮かべ、でも目だけは冷ややかにアンジェリンを見下ろすだけだろう。

彼がアンジェリンに対して、好ましい感情を抱いていないことは明らかだった。あの忠告だって、縁談は断れないけど、せいぜい俺の邪魔をするなよといったところか。

次々に湧いて溢れ出そうになる感情を持て余し、それをなだめるために学業にまい進した。

ヨハネスの言うとおりに、感情を面に出さないようにする訓練もした。王子みたいに笑顔は振り撒けないので、ツンと澄ました無表情になってしまったが。

生徒会にも入った。三年では学内総選挙で生徒会長に抜擢《ばつてき》された。生徒会は小さな宮廷のようで、なるほど勉強になった。

中等部は三年間、クラス替えはなかったが、元取り巻きたちは二年の半ば頃には、同じクラスの別の生徒の取り巻きになっていた。

ヴァレンティン・ダンヘロヴァーという、ヴァッツリーク家と対立するダンヘロヴァー侯爵家の令息である。

ヴァレンティンはアンジェリンと違って三人を邪険にはしなかったので、それまでにいた二人の取り巻きたちと「ヴァレンティン組」を作って落ち着いた。

中等部はそれなりに楽しかった。時々、どこの学校にもあるような諍《いさか》いが起こったりしたが、事件と呼べるような出来事は何もなかった。

平和だったが、それを平和だとは認識していなかった。アンジェリンだけではなく、きっと他の生徒もそうだっただろう。学校とはそういうものだと思っていた。

中等部にいたあの時、何か行動を違えていれば、高等部での事件は起こらなかっただろうか。

時折、当時を振り返って、アンジェリンは考える。

あんなことが起こらなければ、自分は今もヨハネスへの恋を諦めず、彼の隣に座ろうと張り切っていただろう。

大学だって行かなかったかもしれない。他の良家の女性やオメガと同様に、家にいて花嫁修業でもしていた可能性はある。

それはそれでつまらないな、と考えるのは、何も強がっているわけではない。

大学に進学してよかったと、アンジェリンは思っている。学問ができるというだけではなく、いろいろなことが大学では自由だ。花嫁修業をしていたら、この自由や楽しさは味わえなかった。

だからこれでいいのだ。最後の学生生活を思いきり堪能する。すでに起こってしまったことを、くよくよ悩んだりしない。

ヨハネスへの恋心はいまだ、心の中に燻《くすぶ》っているけれど。


六月も下旬になると、気候が穏やかといわれるサフィールの王都もだいぶ蒸し暑くなってくる。

大学の構内に咲き乱れていた花は落ち、代わりに草木が青々と茂るようになった。

七月の定期試験を目前に控えていて、構内は何となく落ち着かない雰囲気だ。

「景色が綺麗な春のうちに、一度くらいは外で昼ご飯を食べたかったな」

その日の授業を終え、迎えの馬車が待つ馬車回しまで歩く道すがら、アンジェリンはぼやく。

隣を歩くデニスが、くすっと笑った。

「アンジェは忙しいものね。やたらと色んな講義に出まくってるだろ」

「面白そうな授業がたくさんあったんだよ。でも、必須科目は一年でほとんど取るつもりだから、来年からはもっと時間ができると思う」

「なら、来年の春になったら、外で昼食を食べようよ。トマーシュと三人でさ」

「うん。絶対な」

アンジェリンが鼻息荒くうなずくと、デニスも嬉しそうにこちらを見下ろした。

デニスは見上げるような長身だ。長身に、なった。初等部の頃はアンジェリンより小さくて、赤い髪を長めのおかっぱにしていて、女の子みたいだった。

弱虫でおどおどしていたのに、中等部の三年あたりから急に伸び始め、肩幅もぐんと広くなって、城壁みたいな身体になった。高等部に入って髪をうんと短く切ると、女の子に間違えられていた幼少期の面影は跡形もなくなった。

デニスはアルファだ。だから昔みたいに、アンジェリンと四六時中一緒にいるわけにはいかない。

大学では理学部に進んで、経済学部のアンジェリンたちと講義が重なることもほとんどない。

でも変わらず、彼とは友達だ。デニスは子爵家の三男で、同じ三男坊として気の合う部分もある。

お調子者のトマーシュとはまた違った居心地のよさが、この友人にはあった。

「そういえばさ、アンジェ。同じ学部で友達はできた？」

おっとりしているデニスだが、たまに痛いところを突いてくる。アンジェリンは「う」と、呻《うめ》いた。

「大学で新しい友達を作るんだって、張り切ってたじゃない」

「そうさ。僕だって友達の輪を広げようとしてる。でも、向こうに避けられるんだ」

理由は何となくわかっている。五月だったたか、ベータの二人連れがオメガの学生にネチネチ嫌味を言っている場面に遭遇し、我慢できずに注意したのだ。

ベータの彼らは、同じ政治経済学部の学生だったらしい。あれから、学部内の一年生に避けられている。どうやらあの二人連れが、アンジェリンについて周りに悪口を吹聴したらしいのだ。

おかげで、どの学生にも怯えられるようになってしまった。こちらから話しかけても硬くなるばかりで、友好を深めることができない。

例の二人連れに関しては、いずれ何がしかの報復を与えてやろうと算段している最中だが、友達ができないのはいかんともしがたい。

「うーん。アンジェは誤解されやすいからねえ。ただでさえ、目つきが悪いし、顔が怖いし」

トマーシュから、何か聞いているのかもしれない。デニスはのんびりした口調で言った。

「怖くない。笑顔の練習だってしてる」

「笑顔ね。余計に怖いんだよね」

「失礼な」

言い合っていたら、進行方向に見慣れた背中を見つけた。

同じオメガのサシャ・マリーだ。相変わらず背中を丸めて、とぼとぼ歩いている。

あの後、サシャが法学部の学生だとわかった。全学部共通の講義がいくつか一緒なので、たまに教室で見かける。

会釈をすれば返してくれるのだが、話しかけるとやっぱり怯えたように身をすくめられた。

大学では少数派の女性やオメガの学生も、六月くらいになるとちらほらと友達を作って固まっているのだが、彼はいつ見ても独りぼっちだ。

サシャも対人関係が苦手らしい。勝手な親近感を覚えていて、できれば仲良くしたいと思っていた。

「あの、サシャ。サシャ・マリー」

丸めた背中に追いつきそうになったので、アンジェリンは声をかけた。

途端、ビクッと背中が震える。恐る恐るといった様子で振り返り、アンジェリンの姿を認め、少しホッとしたように肩の力を抜いた。

しかし、すぐに大柄なデニスが隣にいるのを見つけ、ビクビクッと肩を震わせた。

「ヴァ、ヴァツリーク様」

アルファっぽい男性が怖いのかもしれない。オメガの中には、そういう子もいる。発情期にうっかりアルファと出会ってしまい、互いが及ぼす影響を身をもって知ってしまうこともある。

その時の恐怖は、味わった者にしかわからない。アンジェリンもしばらく、デニスに近づくのをためらってしまう時期があった。

デニスもサシャの態度に気づいたのか、穏やかに微笑んで立ち止まり、アンジェリンを前にやった。

「様はいらないよ。アンジェリンでいい。こっちは幼馴染みで理学部の、デニス・ジヴニー。僕も、サシャって呼んでいいかな」

アンジェリンはサシャを怯えさせないよう、心の中で「気さくに、気さくに……」と呪文のように唱えながら微笑みを浮かべた。

「は、はい」

「突然、呼びかけてごめんね。今、帰り？」

「はい」

「ルビン語で一緒だったよね。定期試験の勉強はどう、捗《はかど》ってる？」

「……はい」

どう話しかけても「はい」しか返ってこないので、会話は終わってしまった。相手を困らせるばかりだし、ここらで別れを告げたほうがいいのだろうか。

そう思っていたら、後ろにいたデニスがおもむろに口を開いた。

「アンジェから聞いたんだけど、一年生のベータの二人連れに絡まれたんだってね。あれはえっと、五月だっけ。あれから、何か意地悪されてない？　自分があいつらに変に喧嘩を売ったせいで、君がとばっちりを食らったんじゃないかって、アンジェは気にしてるんだよ」

アンジェリンもサシャに一度、それを聞きたいと思っていたので、デニスの援護に感謝した。

サシャは驚いたように顔を上げ、アンジェリンとデニスを交互に見た。それからフルフルと、小刻みに首を左右に振る。

「いいえ。大丈夫です。からかわれたのはあの一度きりで、他は何も」

「そうか。よかった」

強がりを言っているのではないようだ。アンジェリンはホッとした。サシャは不思議そうにこちらを見ている。

「気にかけてくださってたんですね」

「あ、うん。いや、感情に任せて、余計なことをしたなって思ってたから」

サシャはまた、小刻みにかぶりを振った。小動物みたいだ。

「嬉しいです。ありがとうございます」

ほんのり口元を緩める。怯えている以外の顔を、初めて見た。アンジェリンも嬉しい。

「講義で一緒になったら、また話しかけてもいい？　僕、あんまり友達がいなくて。特に同じオメガの友達は」

オメガの友達は、あんまりというか一人もいない。一人くらいできたらいいのにと思っていた。

サシャは丸い瞳を見開いて真ん丸にすると、こくっと大きくうなずく。

「は、はい。僕などでよろしければ」

何度もこくこくうなずくので、アンジェリンはくすっと笑った。

「じゃあ、これからもよろしく、サシャ」

「は、はい。ヴァッ……じゃなくて、アンジェリン様」

「様はいらないけど、それは今度に取っとくよ。引き留めてごめん。試験、お互いに頑張ろうね」

三人はちょうど、馬車回しの入り口に立っていた。サシャは徒歩で帰るらしく、入り口の前を通り過ぎようとしている。

アンジェリンが別れの言葉を口にすると、サシャは頬を赤く染めて何度もうなずき、「じゃあ」と去っていった。何度もこちらを振り返るので、途中で転びそうになっている。

ちょこちょこ小走りに去っていく姿が、やっぱり小動物みたいだ。でも、改めて見ても可愛い顔をしていた。背筋を伸ばし、前髪を切って顔を見せたら、さぞモテるに違いない。

「よかったね。アンジェにしては上出来」

後ろから、デニスの声がした。きっとニコニコしているに違いない。振り返らなくてもわかる。

「僕にしては、は余計だ。……でも、援護ありがと」

ぽそっと礼を言うと、親友は小さく笑った。


大学の馬車回しの広場は、いつもそれほど混んではいない。

そもそも馬車で通学する者が少ないせいだ。内部生も、中等部くらいまでは馬車で学院まで送迎してもらっていたが、高等部くらいから徒歩か自転車になる。

みんな大体、この周辺に家を持っているから、徒歩通学も苦にはならないのだろう。

大学生になって馬車で通学するのは、アンジェリンのような上流階級のオメガくらいだ。

デニスもトマーシュも徒歩で通っている。でも帰りはいつも、こうして人気《ひとけ》のない馬車回しまで一緒に来てくれる。

サシャと別れた後、デニスと広場に入ると、デニスが「あのさ」と、改まった声を上げた。

「アンジェが前に、ネフリト共和国に留学したいって言ってただろ」

「え？　ああ。その場の思いつきで言ったやつだけどな」

「もしアンジェが留学するなら、僕も一緒に行こうかなあ」

アンジェリンは驚いて立ち止まった。

「どうしたんだ、急に」

「いや、その……僕は三男だし。結婚は急がないし。それにさ……」

アンジェリンがまじまじと見ると、デニスは恥ずかしそうにうつむいた。

「それに……」

モジモジして、なかなかはっきりしない。何だろう、と釣り込まれるようにアンジェリンはデニスの顔を覗き込んだ。

「僕……僕、実はずっと……」

デニスが懸命に何かを言おうとした、その時だった。

「アンジェ」

離れた場所から鋭い声が上がった。アンジェリンとデニスは驚いて、同時に声のしたほうを見る。馬車回しに停められた馬車から、一人の男性が降りてくるところだった。

「兄上」

さらに驚くことにそれは、アンジェリンの長兄、アレシュだった。祖父の名もアレシュなので、家族の間では単にアルと呼ばれている。

アルはアンジェリンより十歳も上だ。祖父や父にそっくりの厳めしい顔をしている。母は彼らのことを、「年の違う三つ子」と呼んでいるくらいだ。

そのアルが、厳めしい顔のままこちらに歩いてくる。怒っているわけではない。いつもこの顔なのだ。デニスは慣れているので、「お久しぶりです、アレシュ」とにこやかに挨拶をした。アルは「うん」と、彼にしては愛想よくうなずく。

「兄上。いったいどうしたんです。何か緊急の用事でも？」

兄は結婚後、実家の近くに屋敷を構えて別居しているので、普段はどのように過ごしているのか知らない。でも祖父や父と同様に、アルも仕事人間で忙しい日々を送っているはずだ。

弟に用事があったのなら、実家に行けばいいはずなのに、なぜわざわざ大学まで来たのだろう。

「お前を迎えに来た。緊急というほどではないが、話がしたくてな。私はこれからまた、出かけなくてはならない。迎えがてら、馬車の中で話したほうが時間が無駄にならないと思ったんだ」

簡潔に状況を説明すると、デニスに向き直った。

「というわけで、このまま別れてもいいか？　君たちは何やら、話をしていたようだが」

それでアンジェリンも、先ほどのデニスの思い詰めた表情を思い出した。留学の話から、何を言おうとしていたのだろう。

デニスはしかし、穏やかな微笑みをたたえたまま、「大丈夫です」と答えた。

「いつも歩いて帰っていますから。それじゃ、アンジェ。またね」

「あっ、うん。また。送ってくれてありがとう」

アンジェリンが手を振ると、デニスはニコッと嬉しそうに笑って去っていく。いつもと変わらない様子だった。今度、留学の理由をきちんと聞いてみよう。

デニスが馬車回しから出ていくのを見送って、兄とアンジェリンは自分たちの馬車に乗った。

「相変わらず、トマーシュとデニスとばかりつるんでいるんだな」

馬車が動き出すと、アルが車窓を眺めながら、おもむろに口を開く。

「ちゃんと、外部生の友達もできましたよ」

ついさっき、ようやく一人だけだが。

「ヨハネス殿下とはどうだ。大学で会ったりしているのか」

どういう意図の質問だろう。兄の顔を見たが、アルは厳めしい顔のまま車窓を眺めていて、何を考えているのかさっぱりわからない。

「たまに姿をお見掛けするくらいですね。言葉を交わしたのは、確か先月……そう、健康診断の前だったから、五月の上旬だ。ドランスキー教授の研究室に殿下がやってきて。何か王家と問題が？」

アンジェリンの言葉の途中から、兄の顔が険《けわ》しくなった。ぎゅっと眉根を寄せ、口を引き結ぶ。

それから、横目でアンジェリンを見た。睨んでいるわけではない、というのは経験からわかるが、弟の目から見ても彼は恐ろしい顔をしている。

「お前はまだ、殿下のことが好きなのか？」

不意を突かれて、アンジェリンはぽかんと口を開けた。続いて「まだ」という言葉に、未練があるのか、といった揶揄を感じ、カッとなる。

実際はからかっているのでも皮肉でもなく、ただの現状確認なのだろう。こちらが勝手に過剰反応しただけだ。

「好きなんだな」

断定するので、いっそう苛立った。しかめっ面のまま、表情をまったく変えずにいるのも、余裕ぶっていて腹が立つ。脛《すね》を軽く蹴ってやると、「痛っ」と顔を歪ませたので、ちょっとだけすっきりした。

「痛いじゃないか。子供っぽい真似はやめなさい」

「時間がないんでしょう。回りくどい言い方をしないで、早く本題に入ってください」

嫌味っぽく言うと、アルはこちらを睨み、当てつけがましく脛をさすった。

「週末、予定を開けておくように。王宮に行く」

アンジェリンは軽く眉をひそめた。王室主催の催し、というわけではなさそうだ。

「国王陛下に呼ばれた。王妃とヨハネス殿下を交え、ごく私的な話をなさりたいそうだ。こちらからは父上と母上、それにお前が行く。私も話を聞いたからには付き添いたいが、弟の見合いにのこのこ付いていくのもどうかと思ってな」

「見合い？」

「というわけではないが、似たような話だ」

何を考えているのかわからないしかめっ面に戻って、兄が言った。

「まさか。あり得ない」

気づくと、そう吐き捨てていた。冷静になろうと思うのに、自分の感情が自分のものでなくなったみたいに、制御できなくなる。

「陛下が僕とヨハネス殿下の縁談の話をしたいと？　そんな馬鹿な。三年前、他でもない陛下が、僕とヨハネスの婚姻はあり得ないだろうと仰《おっしゃ》ったんじゃないですか」

「陛下は、そうは言われなかった。今の状況でヴァツリーク家との縁談を進めるのは、難しいかもしれない、と仰ったんだ」

「同じことです」

座席から立ち上がらんばかりの勢いで、アンジェリンは言った。兄はそんな弟を、どこか痛ましそうに見る。かつて、家族の誰も彼もこんな目をしてアンジェリンを見た。冷酷な祖父さえもだ。苛立って当たっても、彼らはアンジェリンを許した。

可哀そうなアンジェリン。不運なオメガの子。

以前、アンジェリンとヨハネスの縁談が進みかけたことがあった。

王子の伴侶は、当人の意思を反映させたい、と常々言っていた国王と王妃が、婚約者候補くらいなら……と、珍しくその気になって、アンジェリンはヨハネスの婚約者の、そのまた候補という曖昧《あいまい》な立場になった。なりかけていた。

内定の前の、内々定、くらいの曖昧なものだ。公にはしないし、何かの書類に残すわけでもない。

それでも、今まではそんな内々定すら渋っていた国王夫妻だったから、ヴァッリーク家の人々は大いに驚き喜んだ。貴族社会にもすみやかに、噂は広がったようだ。

アンジェリンは夢かと思うくらい嬉しかった。幼い頃から憧れ、密かに恋していた王子の妃になれる。その可能性がぐっと高まったのだから。

その夢はしかし、砂城のようにもろくすみやかに崩れ去った。跡形もなく。

三年前の、あの事件のせいで。

貴族ばかりか、国民のヴァッリーク家への風当たりも強くなり、国王陛下は「ヴァッリーク家との縁談を進めるのは……」と、言わざるを得なかった。

「向こうから破談にしたいと言ってきたんじゃありませんか。それを今さら、どういう冗談なんです？第一、陛下がヴァッリークの三男と添わせたいと言ったって、当のヨハネス殿下が嫌がるでしょうよ。こんな……傷物の悪役令息なんて」

「アンジェリン」

鋭い声が、取り乱してまくし立てるアンジェリンをなだめた。アルの目は痛ましさをたたえ、弟を見据えている。

アンジェリンは気持ちを落ち着けるため、目をつぶって深呼吸した。

「当人の意思は、お構いなしですか」

やがて、喉の奥から絞り出した声は、微《かす》かに震えていた。

「いや、ヨハネス殿下は……」

「ヨハネス殿下、ヨハネス殿下！　僕には意思すらないと思われている」

アルを詰《なじ》っても仕方のないことだ。わかっているが、怒りをぶつけずにはいられなかった。

「それは違う。アンジェ」

どこまでも冷静な姿勢を崩さない、兄に腹が立った。

少しでもいいから、アンジェリンの気持ちに寄り添ってほしかった。今さらだなと、一緒に怒ってほしかったのだ。建前でもいいから。

でも兄はそもそもからして、弟の気持ちに寄り添うという発想がないようだ。

「違いませんよ。アルファにとって、オメガは同じ人間じゃないですね。発情で気持ちよく性処理ができて、ついでにアルファかオメガを産んでくれる便利な道具なんだ」

「アンジェ」

アンジェリンがおぞましいことを口にしたかのように、兄は顔をしかめて弟を睨んだ。けれどアンジェリンも怯まない。にっこりと、よそ行きの笑顔を向けた。

「アルファにオメガの気持ちはわからない」

笑顔のまま言うと、兄は黙り込んだ。何を言っても無駄だと思ったのかもしれない。

馬車がヴァツリーク家の屋敷に着くまで、二人はそれきり一言も言葉を交わさなかった。


家に帰り、アルから言われたのとまったく同じ話を両親からされたが、アンジェリンは大人しくしていた。何を今さら、などとは一言も漏らさなかった。

「まだ、ヨハネス殿下との縁談と決まったわけではないんだ。ただ、国王陛下がお前のお父様に、そろそろお互いの息子の卒業後の話をしないかと、仰ったらしい。ヨハネス殿下とお前を同席させたいとの仰せだから、縁談の前に当人たちの意思をはっきりさせようという、そういう話し合いなんじゃないかな」

いつも厳しい母が珍しく優しい口調で、一言一言嚙み砕くようにアンジェリンに言って聞かせた。アルが、馬車での会話を告げ口したに違いない。

父も母と同じく腫《は》れ物に触れるような態度で、アンジェリンに接した。

「私もまだ、陛下がどういうお心づもりなのか量りかねている状況だ。お前の意思を聞かず、話を勧めるつもりはないからね」

アンジェリンは黙って微笑みを返したが、父の言葉が本当かどうか、疑わしいところだ。

たぶんアルは馬車の中で、アンジェリンの意思を確認するつもりだったのだろう。ヨハネス殿下のことがまだ好きなのか、と繊細さの欠片《かけら》もなく尋ねてきた、あれだ。

弟がまだヨハネスへの思慕を捨てずにいるなら、縁談を持ち掛けられても何ら問題ないと思っていたに違いない。

馬鹿にしてる、とアンジェリンは思った。誰も彼も、みんな自分を馬鹿にしている。

好きな相手なら、過去にどんな因縁があっても文句を言わないだろうと、本気で考えているのだろうか。自分が同じ立場だったらどう感じるか、彼らは想像しないのだ。

「なあジーク。アンジェのあの様子なら、大丈夫じゃないか？　喜んでるみたいだし」

父が夜中、母にコソコソそんな話をしているのを、アンジェリンは陰でしっかり聞いていた。

「まさか。あの子が心から喜んでいて、あんなにニコニコするわけないだろう」

母のほうが、アンジェリンの性格をちゃんと把握している。

母の懸念どおり、喜んでニコニコしているわけでは決してなかった。むしろ逆だ。アンジェリンは静かに深く怒っていた。

国王陛下に対して、絶望もしていた。

家臣や国民の気持ちを酌《く》んでくれる、血の通った人だと信頼していたのに、アンジェリンの気持ちなどお構いなしに自分たちの都合を押し付けるのだ。

どうして今さら、王室がヴァッリーク家との縁談を望むのか、その理由はわからない。

王族や貴族との結婚は、世間でいわれているような恋愛結婚とは無縁だと、アンジェリンも理解している。

この国は一夫一婦制を取ってはいるが、王族や貴族に愛人がいることは珍しくも何ともない。

ヨハネスにだって好きな人が……ひょっとしたら恋人だっているかもしれない。

将来、夫となる人に別の相手がいたとしても、怒ったり夫を詰ったりしてはいけないよと、母から繰り返し言われて育った。

貴族とはそういうもの、ましてやお前はヴァッツリーク家のオメガなのだから、と。

アンジェリンも覚悟はしていたつもりだった。これがヨハネスではなく、ぜんぜん別の相手ならいっそ、割りきることもできただろう。

でもヨハネスは別だ。彼が好きだった。今でもまだ好きだ。ヨハネスの顔を見ればひとりでに胸が躍ってしまう。

でもヨハネスは違う。アンジェリンのことなんか好きじゃない。

そんな彼と政略結婚して、夫が愛人と愛を育むのを黙認しなければならないのか。

「嫌だ」

惨《みじ》めだった。結婚なんてしたくない。どこか、身分や性別に関係のない場所へ行きたい。さもなければ、このまま死んでしまいたい。

どれも無理な望みなのだろう。絶望に打ちひしがれながら、アンジェリンはその夜、一人で声を殺して泣いた。


その週末、アンジェリンと両親は揃って王宮へ向かった。

内々での誘いだというから、正装ではなく、劇場へ芝居見物にでも行くような、気どりのない服装で出かけた。

「アンジェ、お前は何も心配しなくていい。今日はただ、ご一家と話をするだけだ」

行きの馬車の中で、母がアンジェリンよりも不安そうな顔で繰り返しそう言ったのは、息子の身を案じてではなく、アンジェリンが何か不用意なことを言い出さないか心配なのだろう。

国王陛下の誘いを受けてからこの数日、アンジェリンは表向き、穏やかに普段どおり過ごしていた。浮かれることも、不安がることもない。

父のアルフレートはそれですっかり、安心したようだ。

今も母の隣で、呑気に「今日は晴れてよかったな」などと、車窓を眺めながら天気の話をしている。その緊張感のなさに、母が非難する目で睨んでいた。

そうするうちに、馬車は王宮へ着いた。

広大な王宮は、政治と社交の中心でもあり、議会を行う講堂や、様々な式典やパーティーが催される舞踏館など、多くの施設を有している。アンジェリンが通う王立学院も、王宮の一角にあった。

王宮の東門をくぐり、馬車はしばらく王宮の中を進み続ける。

内門を一つ通り、森を抜けると、噴水のある広い馬車回しの奥に、上品なこぢんまりとした白い館が建っている。それが国王一家の住まいだった。

建物の広さと古さなら、アンジェリンが住んでいる屋敷が勝る。ここは今の国王陛下の成婚の折、新たに建てられたものだそうだ。

馬車から降りたヴァッツリーク一家を、黒の三つ揃いを着た白髪の老人が出迎えてくれた。

サフィール王室では「家宰《かさい》」と呼ばれる、国王一家の家政の一切を取り仕切る側近で、侍従たちの長である。

アンジェリンがこの館を訪れるのは、三度目だろうか。幼い頃に二度ほど、家族と一緒に来たきりだったが、家宰はアンジェリンのことを覚えていてくれた。

「末のご子息様も、ずいぶんとご立派になられましたな。いや、時の経つのは早いことです」

こんなにお小さかったんですよ、と、家宰が自分のくるぶし辺りを示して大袈裟に言った。

いや、そんなに小さくはないだろう、父が返し、母とアンジェリンが笑う。

和やかな雰囲気のまま、中に通された。一階の奥にある応接間らしき部屋へ案内され、中に入るとすでに、国王夫妻とヨハネスが揃っていた。

「よく来てくれた。呼び出してすまなかったな」

「構いませんよ。学生時代から、上級生に振り回されるのは慣れていますから」

気安い口調の王に、父が軽口を返す。王立学院時代、国王夫妻は父の二年先輩で、母は父よりさらに三つ下の後輩だったと聞いている。

同じ学院の先輩後輩で、王家とヴァッツリーク家は遠縁だから、案外と気安いものだ。しかし、やはりアンジェリンは、国王一家を前にすると緊張した。

「アンジェリンも、見るたびに綺麗になるね」

王妃が目を細めてアンジェリンに言葉を向け、アンジェリンも愛想よく挨拶を返した。ヨハネスとも、表面上はにこやかに挨拶する。

楕円形のテーブルを挟んで両家が席に着くとお茶が運ばれてきて、しばらくは当たり障りのない雑談が続いた。

「時にアンジェリン。君は、番の相性診断というのを知っているかね」

話題が途切れた頃、王がさも雑談の続きだという口調で、アンジェリンに話しかけてきた。

「一般的な知識としてでしたら、存じております。王立学院理学部の研究者たちが発表した、相性診断のための公式ですよね。近頃は、縁談の前にこの公式で相性を判断する貴族たちが増えていると、聞き及んでおります」

答えながら、嫌な予感を覚えた。

番の相性診断とは、アルファ性とオメガ性を持つ者同士の相性を数値化したものだ。

古くから世に、「運命の番」という言葉がある。文字どおり、アルファとオメガの運命の一対、どうしようもなく惹《ひ》かれ合う相手を示す言葉だ。

通常、アルファが発情中にオメガのうなじを噛むことで、二人は番となる。

うなじを噛まれたオメガはそれ以降、番相手のアルファにのみ発情の匂いを発することになる。発情期に他のアルファを惑わすことはなくなるのだ。

さらに、番相手の精でしか、子を孕《はら》めなくなる。

番の契約を交わせるのは、オメガは生涯にたった一人のアルファだけだ。一度、うなじを噛まれたオメガは、別のアルファに噛まれても契約を上書きすることはできない。

これに対してアルファは、生涯に何人でも番相手を持つことができる。社会的な婚姻制度とは別に、生物学的な一夫多妻が可能なのだ。

これが人の生態だから仕方がないとはいえ、番の契約はアルファが有利である。

そんな不公平を埋めるためなのかどうか、運命の番というものが、昔からまことしやかに語られてきた。

運命の相手に出会ってしまえば、アルファは他のオメガなど目に入らなくなる。この世で求めるのは互いにただ一人きり、それが運命の番なのだという。

運命かどうかはともかく、実際に相性がいい組み合わせというのは存在するらしい。

一般に、オメガの発情の香りにアルファが発情を促されることを「狂奔《きょうほん》」と呼ぶ。この「狂奔」の際、アルファもまたオメガを発情させる香りを発し、互いが互いの興奮を高め合う。

興奮の度合が高くなるほど、妊娠率が高くなること、胎児がアルファまたはオメガである確率が上がることも、近年の研究でわかっている。

この、オメガとアルファが発する互いの香りに、相性があるというのだ。

同じオメガ性、アルファ性でも、個体によって香りの影響の度合が異なる。この相性、影響の度合が極端に高い組み合わせを、昔の人々は「運命の番」と呼んだのではないか。

そんな仮説が立てられ、さらなる研究の結果、立証された。アンジェリンが生まれる前の話だ。

さらに個体同士の相性を誰にでも判定できるよう、公式化する研究が始まった。

血液検査で得られる、個体の様々な数値を公式に当てはめ、相性を判断するというものである。

各国の研究者たちが研究を重ね、正式に発表された公式がいくつかあるが、サフィール王立学院大学の研究室が発表したものが、世界でもっとも信頼されているらしい。

「この公式は、今も改良のための研究が続けられている。その試料として、王立学院の学生が毎年の健康診断で採取される血液が用いられているのは知っているね。我々学生は血液採取の際、この血液が献体となることを了承させられる」

ヨハネスが、アンジェリンの答えを引き取って言い、にっこりとこちらに向かって微笑んだ。

そう、五月の血液検査で、アンジェリンも献体の書類に署名をさせられた。

アルファとオメガの相性診断公式に用いられる、とは書いていなかったが、大学の様々な研究に流用される旨《むね》が書かれていた。

「ちなみに私と王妃も、この公式で相性診断をしたことがある。結果は特A、つまりとびきり相性が良かったということだよ。我々が『運命の番』だと公言する理由でもある」

「あの当時の公式は、まだ改良前のものだったけどね」

王の言葉に、王妃がうなずきながらも言葉を添えた。アンジェリンの嫌な予感はどんどん大きくなり、もはや確信に変わっていた。

アンジェリンと同じことを、父も考えていたらしい。ただしこちらは、嫌な予感ではなく喜びをもって受け入れているようだが。

「もしかして、うちのアンジェリンが……」

父が、テーブルに身を乗り出すようにして王を見つめた。王はうなずき、傍《かたわ》らに控えていた家宰に合図を送る。

あらかじめ言われていたらしく、家宰はすぐさまテーブルを回り、アンジェリンの父に持っていた書類を手渡した。

父は受け取ると、黙って食い入るように書類を見つめた。母も横から覗き込む。アンジェリンもちらりと書類に目をやった。

一番下の大きな枠に、「A」と、サフィール語の字母表の一番始めの文字が書かれていた。

「判定結果はA。研究室は三十年近く、アルファとオメガの学生の相性診断を続けているが、相性の平均値はB、中央値はCだそうだ。我々の特Aには及ばないが、相当の結果だと思わないか」

王の言葉に、父と母は顔を上げた。その表情には喜色が現れている。アンジェリンは、必死に平静を保っていた。

この話がどこに行き着くのか、もう薄々わかっている。両親がアンジェリンの意思を聞くと言っていたのは、やっぱり嘘っぱちだった。

表情に期待を滲《にじ》ませるアンジェリンの両親に対し、国王夫妻はにこやかな態度を崩さない。内心を読み取らせない微笑は、ヨハネスのそれとよく似ている。

「アンジェリンが先ほど言ったとおり、最近はとみに貴族たちの間で、この相性を重んじる風潮が顕著になってきている。きっかけは君たちも知っているだろう、『某貴族の事件』があったからだ」

王がそこで言葉を濁し、両親もわずかに苦い顔を作った。

某貴族、と新聞でも名前は曖昧にされていたが、もちろん王侯貴族たちはみんな、それがどの家なのか知っている。

数年前、既婚者であるオメガが、夫ではないアルファの男性と心中するという事件が起こった。

つまり不倫の末の心中だ。そのオメガの夫が伯爵家の当主であり、事件の少し前に大臣に就任したばかりの有名な政治家であったから、大騒ぎになった。アンジェリンも毎日のように、新聞でその事件の顚末《てんまつ》を見聞きしたものだ。

亡くなったオメガの夫人は、縁談を通じて伯爵家に嫁ぎ、伯爵と番になった。しかしその後、運命の番であるアルファの男性と知り合ったという。

男性は平民で、オメガの夫人は別に番がいたにもかかわらず、二人は強烈に惹かれ合った。しかし、夫人のうなじにはすでに噛み痕《あと》があり、二人は一生、番にはなれない。二人は世を儚《はかな》んで死を選んだというのだ。

新聞によれば、二人は生前、血液による相性診断をしていたそうだ。診断結果は「特A」だという書類が残されていたらしい。

真偽はともかく、この醜聞は国中を駆け抜け、伯爵は大臣を辞任、伯爵領へ引っ込み、今も王都には戻っていない。

この心中事件以降、貴族たちはこれまでよりいっそう熱心に、相性診断に頼るようになった。先の伯爵家と同じ轍《てつ》を踏むまいとする、自衛の表れだろう。

昨今では貴族令息のオメガが、相性のいい平民のアルファを婿養子に取る、などという話も聞くくらいだ。

相性診断の前では身分階級さえ後回しにされるという、過去に類を見ない風潮が貴族間に広まっているようだった。

「宮廷ではまだ、宰相家から王妃を出すことに難色を示す者もいるが、昨今の相性重視の流れからいって、この診断結果があれば彼らを黙らせることができる。そうは思わないかね、アルフレート」

結論まで一息に距離を詰めてきた王に、父はわずかに鼻白んだ様子を見せた。

「それは確かにそのとおりですが。しかし、陛下も妃殿下も長らく、ご子息の意思に任せたいと仰っていたではないですか。ヨハネス殿下は……」

父が王子を向けば、ヨハネスはにこりと微笑む。

「説明が前後しましたが、私の意思を反映したからこその、今回の話なのですよ。私は以前から、妻にするならアンジェリンをと思っていました。……本当だよ」

白々しい、というアンジェリンの内心のつぶやきを聞いたわけではないだろうが、アンジェリンが笑顔を浮かべながら奥歯を嚙みしめた時、ヨハネスが不意にこちらを向いた。

「君には、もっと別の形できちんと告白したかったのだけど。何しろ私もなりふり構っていられなくてね。君が、卒業したら隣国に留学したいなんて話しているのを、聞いたものだから」

どこでそれを……とは、聞くまでもない。ドランスキー教授の研究室だ。アンジェリンたちが話していたのを、ヨハネスは廊下で聞いていたのだ。

両親にはもちろん、留学の話は漏らしていなかったので、二人が一斉にこちらを向いた。

「どういうことだ、アンジェリン」

「アンジェリン、何も聞いていないぞ」

まあまあ、と両親をなだめたのはヨハネスだ。

「ただの雑談ですよ。でもそれを聞いて私も、ぐずぐずしていられないと思ったんです。そんな時、私との相性診断で『A』を叩き出したオメガがいると聞いた。それが誰あろう、アンジェリンだというじゃありませんか。これは運命と言えるのではないでしょうか」

「実を言えば、ヨハネスがアルファだとわかった年から、理学部の研究室にはヨハネスの血液を毎年、献体として渡していたんだ。相性の良いオメガがいたら、報告するようにとね」

王が横から説明した。越権行為では、と思うが、国王が研究結果の一部を抽出して知ることは、法律で禁じられていない。

王と王子の間で、王妃がさらに言葉を足した。

「このとおり、うちの息子はアンジェリンとの縁談に乗り気です。生物学的な二人の相性も申し分ない。診断結果があれば、ヴァッツリーク家の対立派閥も文句は言えない。どうでしょう、せめて婚約だけでも交わすというのは。もちろん、今すぐ答えを出せというのではありません。ご家族でよく考えてほしいのです」

両親は顔を見合わせ……そしてすぐに前を向いてうなずいた。アンジェリンを振り返ることは、一度たりともなかった。

そのことが、アンジェリンをさらなる絶望に追いやった。自分に味方などいないのだ。少なくともこの部屋には、ただの一人も。

「そういうことでしたら、持ち帰るまでもありません。以前から我が家は、ヨハネス殿下との縁談を望んでおりましたし」

父が性急に結論を出すのに、王と王妃が顔を見合わせ、わずかに苦笑する。王が軽く顔を傾けて、対角線上にいるアンジェリンを窺った。

「父上はこのように言っているが、君の意見はどうかな。アンジェリン」

またもや、両親が一斉にこちらを向いた。どちらも、「しまった」という顔をしていた。

お前の意見を聞くから、と息子に言い聞かせていたのを、浮かれるあまりすっかり失念していたのだろう。

ここまで、アンジェリンはずっと微笑みをたたえていた。こんなに長時間、同じ表情を張り付けていたのは初めてで、顔が引きつりそうだったが、我慢していた。

父が何か口を開きかけたので、先に国王一家に向き直った。

「私のような者まで案じていただき、ありがとうございます。ですが、陛下。ご心配には及びません」

「おお、では」

「はい。父が是と言うなら、私も答えは是です。それ以外の答えは持ちません。持ってはならないのです。私はヴァッツリーク家のオメガですから」

笑顔のまま答えると、国王一家の笑顔が凍り付いた。母が小さく、「アンジェリン！」と、叱責《しっせき》する。

アンジェリンは母を振り返り、「はい、母上」と素直に応じて見せた。

「アンジェリン！　そういう答え方はないだろう」

父も顔色を変えて叱責するので、恭しく応じる。

「はい、父上。私の考えが至らず、申し訳ございませんでした」

「アンジェリン！」

父はさらに声を荒げるが、アンジェリンが表向き従順な態度を崩さないので、父だけが激昂《げっこう》しているような図になる。

「アンジェリン。君はこの縁談に乗り気ではないのだね」

王が優しく穏やかな口調で言う。アンジェリンもそれにおもねるように、柔らかな表情を浮かべてみせた。

「いいえ、陛下。今申しましたとおり、私の意思は存在しません。両親の意思が私のすべてです」

「アンジェリン！　そういう言い方はやめなさい。きちんとお答えしなさい」

母がこめかみに青筋を立てて怒るので、アンジェリンは「はい。申し訳ありません、母上」と頭を下げてもう一度、国王一家へ向き直った。

「国王陛下、王妃殿下。ならびにヨハネス殿下。私も以前より、ヨハネス殿下をお慕いしておりました。今回のお話は嬉しくて、まるで夢を見ているようです。喜びのあまり取り乱してしまい、申し訳ございません。このお話、ぜひともお受けしたいと思っております」

隣から、両親のため息が聞こえた。王と王妃はしきりに顔を見合わせている。

ヨハネスは、笑みを消してわずかに眉根を寄せていた。彼の取りつくろった微笑みを崩せて、アンジェリンは少しだけすっきりする。

ざまあみろ、と胸の内で吐き捨てた。


「お前は、何がそんなに気に入らないんだ」

帰りの馬車で、父にそう言われた。アンジェリンはやっぱり、笑顔を崩さなかった。

「父上こそ、何がそんなに気に入らないのですか。父上の意思にたがわず、謹《つつし》んでお受けしますと申し上げたのに。これ以上、どうしろと？」

国王一家との話し合いは、早々に終わった。終わらざるを得なかった。

「私たちの切り出し方が悪かったね。どうやら我々の認識に齟齬《そご》があったようだ。相性診断を信じてはいるが、息子とアンジェリン二人の意思を尊重したいという気持ちに変わりはないんだ。アルフレートもジークフリートも、どうか結論を急がないでほしい。この話は一度、家に帰って家族で話し合

うのはどうだろう」

と、陛下は言ってくれて、アンジェリンもちょっと心が痛んだ。でも仕方がない。自分の味方は自分しかいないのだ。

ヴァツリーク家でよく話し合うようにと陛下に諭《さと》され、アンジェリンたちは王宮を辞した。

「お前の意見を聞かずに、話を進めようとしたのは悪かった。だが、国王ご一家の前で、あんなふうに言うことはないだろう」

父は言うが、今さらだ。何をどう言おうと、両親がアンジェリンの気持ちを考えるつもりはないということが、証明されてしまった。

「申し訳ありません。事実を申し上げただけなのですが」

母が「アンジェリン」と、尖《とが》った声で呼ぶので、「はい、母上」と、例によって答える。

「お気に障ったなら申し訳ありません。笑うな、口答えするなと命じてください。そのとおりに致します。王家に嫁げというならそう言ってください。見知らぬ男に抱かれろと言われても従います。僕はヴァツリーク家を追い出されたら、その日からまともに生きることすらままならない、憐《あわ》れなオメガですから」

父は額《ひたい》に手を当ててため息をつき、母は怒りに唇を震わせた。

「ねちねちと嫌味ったらしい奴だな！　そんな態度なら、こっちにも考えがあるからな」

「まあまあ、ジーク」

父が母をなだめたが、母は家に戻るとアンジェリンを自室に押し込め、夕食は抜きだと言った。

「態度を改めない限り、通学の馬車も出さない！」

馬車がなければ、アンジェリンは大学に行けない。屋敷から大学の周辺は治安がいいとはいえ、番を持たないオメガ、しかもいかにも貴族のお坊ちゃんという風体のアンジェリンが、一人で登下校するのは危険だ。

「そんなことを言って、あの子が一人で出かけたらどうする。あいつは強情だぞ」

問題を起こすのを厭《いと》う父は、母に考えを翻《ひるがえ》させようとしたが、母は気性が荒かった。

「そうなったら、なった時だろ。本人は、親が命じればその辺の男とでも寝ると言ってるんだ。覚悟してるさ。見知らぬ男に手籠めにされたら、今度こそ縁談もなくなる。本人も嬉しいだろう」

アンジェリンの部屋の外で、母が聞こえよがしに言っていた。

(まったく、どっちが子供なんだか)

それを聞きながらアンジェリンは、部屋にあったチョコレート菓子と果物をつまんでいた。夕飯抜きだなんて、幼い子ならまだしも、大学生にはどうということもない。

今日は国王一家と話し合いをするということで、家を出た長兄と、普段は仕事で遅くなる次兄も家にいた。兄たちは父から話を聞いたようで、母をなだめたり、部屋の外からアンジェリンに話しかけたりと忙しかった。

「ちゃんと、間に入って調整してくださいよ、父上。あの二人を戦わせたらだめです。母上とアンジェは、気性がそっくりなんだから」

そんな次兄の声が聞こえた時だけは怒りが込み上げたが、その日は自室に閉じこもっていた。

だから、アンジェリン抜きで家族がどんな話し合いをしたのか、わからない。

翌日は一日だけ大学を休み、その代わりにデニスとトマーシュに手紙をしたため、屋敷の使用人に二人の家まで手紙を届けてくれるよう頼んだ。

事の顚末を、親友二人には話しておいたほうがいいだろう。ついでにトマーシュには、母と交戦中だと告げ、明日は送迎をお願いできないかと頼んだ。

デニスではなくトマーシュに頼んだのは、やはり結婚前のアルファとオメガが、同じ馬車で二人きりになるのはまずいと思ったからだ。発情期ではないけれど、何かあったらデニスに迷惑がかかる。

翌朝、トマーシュが馬車で迎えに来てくれた。母は家の用事ですでに出かけていたから、文句を言う者もいない。

「手紙をもらってびっくりしたよ。大変だったね。デニスが昨日、泡を食ってうちまで来た。アンジェが殿下と結婚しちゃう、って」

馬車に乗り込むと、トマーシュが開口一番にそう言った。デニスの慌てぶりが目に浮かぶようだ。子供の頃からデニスは、おっちょこちょいで慌てんぼうだった。

「まだ婚約するかしないか、っていう話なんだけど。君たちにも、心配かけてごめん」

トマーシュは、気にしていない、というふうに肩をすくめた。

「先週、いきなり話があるって言われて、週末に王宮に行くことになってさ。僕も急な話で困惑してるんだ」

アンジェリンは、手紙では書ききれなかった事態の顚末を、詳細に話した。ヨハネスが、以前からアンジェリンを妻にと思っていた、などと言い出したことも。

「あまりになおざりで、白々しいと思わないか」

「……どうかな。白々しいとは思わないけど。もう少し、話の持って行き方があったよね。殿下らしくないというか」

　トマーシュは無難な返事をするが、アンジェリンは一昨日のあのヨハネスの告白には、強い怒りを覚えた。

「あの方は高等部の頃、縁談が持ち上がった時だって、僕に何も言わなかったんだぞ。おまけにあの事件の時……」

　忌まわしい光景が目の前によみがえりそうになり、アンジェリンは言葉を切って頭を振った。

「アンジェ」

　向かいでトマーシュが、心配そうに覗き込んでくる。

「大丈夫だ。僕はもう、乗り越えてる。でも忘れてはいない。殿下はあの事件を境に僕と距離を置いた。もし殿下の言うとおり、以前から僕を妻にと思っていたなら、少なくともあの事件について、臭い物に蓋《ふた》をするような態度は取らなかったはずだ。僕も殿下に歩み寄ろうとしなかったけど、殿下も同じだった」

「うん。それはそうだな。あの事件の後の殿下の対応はまずかった」

　うんうん、としきりに首肯し、トマーシュが同意してくれる。国王一家との話し合いが決まってから、こうして誰かの同意を得られることがなかったので、友達がうなずいて話を聞いてくれるだけでも、アンジェリンは嬉しかった。

「あれから三年だ。三年間、殿下とはほとんど没交渉だった。それが、相性診断の結果が出た途端、以前から妻にと思ってた、だって。馬鹿にしてる」

　相性診断の結果にも驚いたが、国王一家があれほど相性診断に重きを置いているとは知らなかった。

「確かに、話を聞くに、ヨハネス殿下の態度は白々しく感じてしまうよ。もう少し、交渉には長《た》けた方だと思ってたんだけどな」

「僕相手に、交渉なんて必要ないと思ってるんだろ」

話し合いだって、すべてはアンジェリンの頭越しに行われていた。改めて一昨日のことを思い返し、また腹が立ってくる。

「君の気持ちは理解できるよ、アンジェ。僕は君が、殿下のことをどう思ってるのかも知ってる。ずっと隣で君を見てきた友人として言うんだけど。君は家族と話し合うよりも、まずヨハネス殿下と話し合うべきだと思うな」

アンジェリンは、まじまじと友人の顔を見た。いつも飄々《ひょうひょう》としているが、今は瞳の奥に真面目な色がある。

「……殿下と、何を話すっていうんだ」

ヨハネスと話し合うなど、夢にも考えなかった。

「何を話したらいいかわからない。まさにそれが問題なんじゃないかな。ヨハネス殿下が、本当にアンジェを妻にしたいと考えていて、国王ご夫妻が殿下の意思を優先させるって話が社交辞令じゃないなら。今回みたいに家族同士で話をする前にまず、もっと当人二人で会話を交わす機会を設けるべきだと思うんだ。君が言ったとおり、この三年、君と殿下はほとんど会話を交わしていないだろう」

そのとおりだ。トマーシュは、ずっとアンジェリンの隣にいたから、そういうこともよくわかっているのだ。

「それで二人の意思なんて、あったもんじゃない。まずは当事者二人で、意思の疎通を図ることだよ。

ヨハネス殿下から話を聞き、君も自分の考えを相手に伝える。お互いに恋愛感情があるかないかはさておいても、それは必要な行程のはずだ。政略結婚じゃないというならね。そういう話し合いを端から排除して、縁談が進むっていうなら、お互いの意思を……なんて言葉は矛盾している」

いちいちまったく、トマーシュの言うとおりだった。

どうして国王一家との話し合いの中で、自分はそのことを指摘できなかったのだろう。アンジェリンは感情ばかりが先に立って、嫌味しか言えなかった自分の未熟さを恥じた。

それでも、トマーシュの言ったことを実行に移すとなると、急に意気がしぼんで心細くなる。

「自分の考えを伝えるって、どこまで伝えればいいんだろう。それに、殿下とどうやって、二人きりで話をすればいいかな」

話がしたいと言って、あの仮面みたいな笑顔で「なぜ?」と聞かれたらどうしよう。自分の意思を伝えるにしたって、結婚したくないと言えばいいのか、本当は好きだけど……というところから始めればいいのかわからない。

馬車は大学の門をくぐり、馬車回しに入ろうとしていた。ヨハネスと二人で、というあたりから途端にオロオロし始めたアンジェリンを見て、トマーシュはうんと年下の弟に言い聞かせるように、優しい口調になった。

「それは、アンジェ。君が考えなくちゃ。自分が本当はどうしたいのか、正直になって考えてごらんよ。自分を騙《だま》したって、何もなりはしないんだから。ヨハネス殿下と個人的に話し合いの機会を持つとしたら、構内で待ち伏せて約束を取り付けるのがいいと思うね。王侯貴族も平民も、僕らは等しく学生だ。少なくとも、大学の中にいる間は」

王子と貴族の令息としてではなく、大学の先輩後輩として、話し合いの場を設けてみてはと言うのだ。

ヴァツリーク家から王宮に手紙を出したら、それがどんなに私的な手紙であっても、大掛かりなものになる。

ただちに家族や国王一家の知るところとなりそうだし、アンジェリンの両親は「何を書いたんだ」「返事はどうだった」などと、やいのやいの言い出すだろう。考えただけで気が滅入る。

その点、大学の構内でヨハネスに話しかけるのなら、親には知られずに済む。

問題は何を話し合うべきか、だ。

馬車回しに馬車が停まり、二人で馬車を降りる。トマーシュは先に降りたが、アンジェリンに手を貸したりはしなかった。男同士で、友達同士だから当然だ。

そういえばデニスはこういう時、必ず手を貸してくれるよなと思い出した。いつからだろう。デニスの身長がぐんと伸びてからだったか、それとも、アルファとオメガだと気づいた時からだろうか。

いずれにせよ、アンジェリンはオメガで、そして学生の時間は有限だ。ヨハネスが大学を卒業するまで、もう一年と半年しかない。

両親に自分の意思を尊重しろと言うなら、どうしたいのかを明確にしなければ。いつまでも受け身でいたら、それは黙って結婚を受け入れているのと同じことだ。

自分も変わる時なのだ。ずっと、殻に閉じこもってばかりではいられない。

「トマーシュ、君の言うとおりだな。まずは僕が、僕自身の気持ちと向き合ってみるよ」

親身に意見をくれる友人に、感謝した。

トマーシュは子供みたいに屈託のない笑顔を向け、アンジェリンの背中を励ますようにポンと叩いた。

その日、帰り道もトマーシュの馬車で送ってもらい、家に帰ると王宮から手紙が届いていた。ヨハネスから、アンジェリン宛ての私信だった。しかし私信だというのに、母が預かっていてアンジェリンはすぐに渡してもらえなかった。

「都合が悪い内容だったら、お前は私信なのを幸いと、握り潰すかもしれないだろ。父上が帰ってきたら、私たちの前で読みなさい」

年頃の息子宛ての手紙を、親の前で読み上げるなんて聞いたことがない。アンジェリンは母の横暴に憤り、「それなら読ませていただかなくて結構です」と、突っぱねた。

「大学で殿下にお会いしたら、手紙は母に奪われたので読んでいませんと答えます」

「なぜだ。親が命じたら、何でも言うことを聞くんだろ」

母は先日のアンジェリンの嫌味を持ち出して言い返したが、アンジェリンはそれを無視して自室に引きこもった。

夜遅くに父が帰ってきて、夫婦は言い争いをしていた。恐らく母の、私信の扱いが発端だろう。言い合いは次第に激化して、夜通し続いたようだ。しまいには、何が発端で喧嘩をしていたのかわからなくなったのではないか。今までの夫婦喧嘩もそうだった。

アンジェリンは途中で寝てしまったので、二人の戦争がどのように決着したのか、していないのかわからない。

朝、昨日と同じ時間にトマーシュが迎えに来てくれたのだが、手紙はその時に家令から渡された。父から渡せと命じられたらしい。

慌ただしい出がけに手渡され、手紙は馬車の中で読むことになった。

「二人きりで話し合いたいってさ。それもどちらかの家じゃなくて、大学の昼休み、ざっくばらんに」

手紙を読み終えて、アンジェリンはトマーシュに伝えた。

「よかったじゃないか。殿下のほうから動いてくれたんだ」

「親に言われたのかもな」

アンジェリンは素っ気なく答えた。実際、その可能性もなくはない。

ヨハネスは美しい筆致で、先日は話を急いたせいでアンジェリン一家を混乱させてしまい、申し訳なかった、とまず謝ってきた。

今は縁談の話は脇に置き、まずは当人同士の交流を持ちたい。これを読んだら、ドランスキー教授の研究室で待っていてほしいと書かれていた。

王家との話し合いの後、アンジェリンが家に閉じ込められ、大学を一日休んだことも、すでに彼の耳に入っているようだ。必要とあれば、迎えの馬車を出すとも書いてあった。

「動こうと思えば、これだけ直ちに行動できる人が、『未来のお妃に』と思っている相手に今まで一つも行動を起こさなかったのはなぜだ？　本人の意思とは思えないね」

自分でも、辛辣《しんらつ》になりすぎていることは理解しつつ、アンジェリンはそれでも言わずにはいられなかった。

ヨハネスが、彼のほうから歩み寄ってきてくれた。嬉しくないはずがない。

長く忘れられずにいた片想いの相手が、こうして熱心に歩み寄ってくれているのだ。

にもかかわらず辛辣になってしまうのは、喜びよりも、今さらどうしてと思う気持ちが勝ってしまうからだ。

「まあまあ。そのあたりもさ、本人にぶつけてみたら？　殿下には殿下の言い分があるのかもしれないし」

「今日はやけに、あっちの肩を持つじゃないか」

アンジェリンは怪訝《けげん》な目を相手に向けた。手紙の内容を聞いてから、トマーシュはやけに喜んでいる。

「殿下が行動に出てくれて、嬉しいんだよ。あの方は本当に、何を考えてるんだかわからないから。そういうふうに訓練されてるんだろうけど。でも今回は我が親友のために、頑張ろうって誠意を見せてくれるんだ。喜ばしいじゃないか」

「誠意なのかね。国王夫妻への従順かもしれない」

「それは、実際に会って見極めてみてくれよ。僕は誠意のほうに賭けるね」

トマーシュは言うが、アンジェリンは期待しないようにしていた。

以前、浮かれていたら足元をすくわれ、奈落に突き落とされた。あんなことが二度も起こったら、自分はもう立ち直れない。

ヨハネスの申し出に喜ぶ気持ちを、過去の自分が引き留める。浮かれないように、期待しないように。これは、誰かの罠《わな》かもしれないから。

その日、午前中の講義を終えると、アンジェリンはトマーシュと別れ、真っすぐにドランスキー教授の研究室へ向かった。

教授の研究室には、いつでも誰かがいる。みんな顔馴染みだし、待ち合わせが行き違いになっても、言付けをしておけば誰かが伝えてくれる。待ち合わせ場所にはうってつけだ。

とはいえ、ヨハネスはアンジェリンの時間割も把握しているのだろう。お昼を食べずに研究室で待っていると、間もなくヨハネスが現れた。

「すまなかったね。急に呼び出して」

にこやかな美貌を前にして、アンジェリンはいつものように緊張を覚える。身体が錆《さ》びついた機械仕掛けみたいにぎこちなくなるのを、笑顔でごまかした。

「今、来たところです」

「お昼はまだだよね。一緒に昼食をどうかな」

ヨハネスは持っていた籐《とう》のバスケットを掲げてみせる。昼食が入っているらしい。かなり大きなバスケットだ。

アンジェリンはうなずいて腰を上げた。部屋を出るヨハネスの後に、黙ってついて行く。

どこに行くのかは聞かなかった。卒のない王子のことだから、話し合いをするのに適当な場所を確保してあるのだろう。

ヨハネスは校舎を出て庭園を通り過ぎ、雑木林を抜けた。さらに進み、やがて二人は大学の奥にある池のほとりに辿り着いた。

王宮に隣接する大学の隅に、大きな池があるのは知っていた。昔の学生が酔っぱらって池で泳いで溺《おぼ》れ、以来、遊泳禁止になったとも聞いているが、実際に足を踏み入れたことはなかった。

「ここに来たのは初めて？　そう、よかった。一年生のうちはあまり、ここまで来ないよね。涼しいから、夏は人気なんだよ」

ヨハネスは言いながら、さらに先へ進んでいく。彼の言うとおり、池の周りには学生たちの集まりがいくつかできていた。

特に、池に近い木陰が人気のようだ。大きな木の根元は、もうほとんど先客で埋まっていたが、誰もいない場所が一か所だけあった。

そこには布が敷かれていて、ヨハネスは真っすぐそちらへ向かった。バスケットの中から新たに布を一枚取り出して折り重ね、即席のクッションを作って布の上に置く。

「朝から場所取りをしておいたんだ。さあ、どうぞ」

ヨハネスは即席クッションを示して、アンジェリンを促した。

「ありがとうございます」

相手によそよそしさを感じさせるくらい、丁寧にお礼を言って、アンジェリンはクッションに腰を下ろした。

「やっぱり、怒ってるよね」

バスケットから飲み物の瓶を取り出していたヨハネスが、アンジェリンの表情を見て気がかりそうに言った。

「怒る？　僕がですか。いいえ、まさか」

笑顔のまま、アンジェリンは返す。ヨハネスはそれに、少し寂しげな微笑みを見せた。それ以上は何も言わず、バスケットの中身を敷布に並べる。

中には本当にいろいろ入っていた。飲み物の瓶が数本、グラスと皿、食事が入っているらしい大小の籐の箱、布の包み、油紙で蓋をされた小さな陶器が二つ。

ヨハネスが平気で提《さ》げているから気づかなかったが、相当な重さだったはずだ。

王子はまるで執事よろしく、箱の中からサンドイッチやパイを取り出して皿に盛り、布の上に並べ、グラスに瓶の飲み物を注いで恭しくアンジェリンに手渡した。

「さあ、食べよう。俺の屋敷の料理人に作ってもらったんだ。君の口に合うといいんだが」

グラスの中身はレモン水だった。ほんのり蜂蜜《はちみつ》の香りもする。アンジェリンはそれで喉を潤《うるお》し、サンドイッチもつまんだ。

サンドイッチは柔らかなパンの耳を落とし、白い部分だけを使っており、新鮮なキュウリと塩気の効いたハム、それに芳醇なバターの香りが絡んでいた。

「美味しい！　……です」

お腹が減っていたので、一口食べて素直な言葉が出た。

しかしその反応に、ヨハネスが軽く目を瞠《みは》ったのを見て、バツが悪くなる。食べ物で、簡単に釣られる奴だと思われたかもしれない。

アンジェリンが顔をうつむけると、「そう、よかった」と、何とも思っていないような明るい声が聞こえた。

「手紙を読んでくれてよかった。先週のあの調子だと、読まずに破り捨てられてもおかしくないと思っていたから」

アンジェリンはサンドイッチをむせそうになった。王子からの手紙を破り捨てるだなんて、自分はどんな人間だと思われているのだろう。

「手紙は今朝、受け取りました。母が先に受け取って、なかなか渡してもらえなかったので」

「ヴァッリーク夫人が？　それはなぜ？」

ヨハネスは、怪訝と不思議の間くらいの表情を浮かべた。アンジェリンは「さあ」と、素っ気なく返す。すぐさま、王子に対して失礼かもしれないと思ったので、付け加えた。

「母は僕を信用していないんでしょう。先日、王族の方々を相手にあのような発言をしてしまいましたので」

それからサンドイッチを膝《ひざ》のナプキンの上に置き、ヨハネスに向き直って軽く頭を下げる。

「先日、国王ご夫妻ならびにヨハネス殿下に対し、あのような無礼な態度を取りましたこと、深くお詫《わ》び致します」

これには苦笑が返ってきた。

「ちっとも悪いと思っていない口調だけど」

「幼稚だとお思いでしたら、お妃候補から外してください。僕のこの性格は恐らく一生、変わりませんので」

中等部時代、ヨハネスに言われたことを思い出して言う。

あの時、アンジェリンは恋に落ち、自分を変えようとした。ヨハネスの望むような人間になりたいと思ったからだ。

でも今はもう、そんなふうには考えない。自分は自分、ヨハネスはヨハネスだ。

それにヨハネスも、中等部の頃、アンジェリンに言ったことなど忘れているかもしれない。彼はあの時ただ、子供っぽいアンジェリンにイライラしてああ言ったのだろう。

「お妃候補はね。今まで、何人、何十人ものお相手を紹介されたよ。実際に会ってみた人もいる。でも、誰にも惹かれなかった。俺はやっぱり君がいい」

アンジェリンが慇懃無礼《いんぎんぶれい》な態度を取り続けても、ヨハネスは穏やかな表情を少しも崩すことがない。

「どうして、僕にこだわるんです？」

「それはもちろん、君に惹かれてるから。好きだから」

思わず眉間に皺を寄せ、胡乱《うろん》な目で相手を見てしまった。

「急にそんなことを言われても、まったく信じられません」

「……そっか」

ヨハネスはため息をつき、サンドイッチを食べ終えたアンジェリンに、「パイも食べてみてよ」と、勧めた。

「確かに急に好きだと言われても、戸惑うだろうね。でも、先日の話し合いで言ったことも、今の言葉も嘘じゃない。何もかも本当で、本心なんだよ」

アンジェリンはパイに手を伸ばしながら、黙ってヨハネスの言葉を聞いていた。

少しも嬉しくなかった。長年、片想いをしていた相手から好きだと言われたのに、心が浮き立つ様子はない。むしろ腹立たしさを覚えた。

到底信じられない。ヨハネスがいつ、自分を好きになったというのだ？

何か裏があるのではないか。いったいこの王子は何を考えている？

「パイも美味しいですね。うちの料理人より腕は上かもしれません」

「それはどうも。料理人に伝えておくよ」

アンジェリンはうなずき、グラスのレモン水を飲み干した。ナプキンで丁寧に口元と手を拭う。

「お話がそれだけでしたら、これで失礼させていただきます。ごちそうさまでした」

そう言って腰を浮かせると、ヨハネスは初めて焦《あせ》った表情になった。「ちょっと待ってよ」と、アンジェリンの手を摑《つか》む。

「まだ話は終わっていないよ」

「それは失礼致しました」

「……君と、腹を割って話したいと思って、手紙を書いたんだ。俺の気持ちは、今伝えたとおりだ。今度は君の気持ちを聞きたいんだけど」

「必要性を感じません」

ヨハネスの滑らかな頰が、ぴくりと痙攣《けいれん》した。優しそうな眉が少し真ん中に寄って、わずかに苛立っているのがわかる。

「必要性？」

「あなたが僕を娶《めと》りたいと言って、国王ご夫妻が許可したなら、両親は喜んで僕を差し出すでしょう。ここに僕が意見を差し挟む余地はないんです。先日もそうだったでしょう？　話は僕の頭越しに進んだ。陛下は僕の気持ちを聞いてくださいましたが、あの時、否と答えても両親の反応は同じだったと思います。『謹んでお受けします』という以外、僕に言葉は用意されていないんです」

だから、アンジェリンの気持ちを聞いても無駄なことだ。

いや、最初はこちらだって、腹を割って話そうと思っていた。トマーシュに助言されたように、お互いに何を考えているのか話し合い、これからのことを相談したいと考えていたのだ。

それなのに、ヨハネスはよりにもよって、アンジェリンを好きだ、などと言い出した。これほど、信用ならない言葉はないというのに。

「もう、行ってもいいですか」

自分の腕を掴む手を見て言うと、ヨハネスの顔がわずかに歪んだ。

「それでも、君の気持ちを聞きたい。そんなに俺と結婚するのは嫌？」

「嫌です」

アンジェリンは即答した。

ヨハネスはアンジェリンを見つめたまま、今なお口元に笑いを浮かべていたが、眉間に皺が寄り、頬は引きつって奇妙な表情になっていた。

そんなに驚くことなのかと、アンジェリンは逆に感心する。ヨハネスは、アンジェリンが自分との縁談を嫌がるなど、夢にも思っていなかったということだろうか。

馬鹿にしてると思ったから、腕を掴む手が離れると、すぐさま立ち上がった。

「それじゃあ、僕はこれで」

ごちそうさまでした、ともう一度言って、あとは一瞥《いちべつ》もしないままその場を立ち去った。

ヨハネスは追いかけてはこなかった。

(馬鹿にしてる。本当に、殿下は僕を馬鹿にしてる)

早足に歩きながら、アンジェリンは心の中で繰り返した。歩くうちに、悔しさと怒りが込み上げてきて、涙が頬を伝った。

好きだ、惹かれてるなんて。そんな言葉、聞きたくなかった。

いったいいつ、アンジェリンを好きになったのか。この三年間、個人的に言葉を交わす機会はほとんどなかったというのに。以前から好きだった？

それならどうして、なぜあの時、アンジェリンに救いの手を差し伸べてくれなかったのか。

何年経っても、あの時の光景は忘れられない。

あの時、ヨハネスが浮かべた表情、そのすぐ後の仕草。

まるでおぞましいものでも見るかのように、こちらを見ていた。アンジェリンが助けてと言ったのに、彼はそっぽを向いたのだ。アンジェリンが傷物になったから。

(僕は忘れてない)

涙はすぐに止まったが、肩を怒らせて歩くオメガの学生を、周りの学生たちは物珍しそうに振り返った。

(忘れない。許さない)

胸の中でつぶやいて、ようやく気づく。

あの事件のことは、もう乗り越えたと思っていた。でも、ちっとも乗り越えてなんかいなかった。

今も恨《うら》んでいる。あの事件の首謀者たち、自分を襲ったクラスメイト、それに誰より、一番助けてほしかった時に目を逸《そ》らしたヨハネスを。

中等部を卒業し、高等部に上がると、アンジェリンはトマーシュやデニスと離れて一人だけ、別のクラスになった。

親友二人は残念がり、これはダンヘロヴァー派の教師の陰謀だなどと言ったりして、アンジェリンも寂しかったけれど、大丈夫なふりをした。

高等部からの外部生も入って、周りには知らない顔ぶれも多くなった。

昔のアンジェリンだったら気後《きおく》れしているところだけど、今はだいぶ引っ込み思案が改善されている。新しい友達を作ろうと、不安を押し隠して張り切った。

アンジェリンのクラスには、ヴァツリーク家と対立する派閥のヴァレンティン・ダンヘロヴァーがいた。彼の取り巻きたちも一緒だ。

中等部一年の時、アンジェリンにまとわりついていた元「アンジェリンの取り巻き」もいて、ヴァレンティンにくっついていた。

ちょっと気まずかったが、中等部の頃と同様、距離を保って適当にやり過ごそうと思っていた。

だから入学式の翌日、ヴァレンティンがお昼を一緒に食べようと誘ってきた時は、びっくりしたものだ。

「せっかく、また同じクラスになれたんだ。トマーシュたちもいないし、もしよかったら仲良くしたいと思って」

金髪巻き毛のヴァレンティン・ダンヘロヴァーは、背後に取り巻きたちを従えてにこやかに言った。

中等部では、アンジェリンが話しかけても鼻に皺を寄せたりしていたのに、どういう心境の変化だろう。

向こうは明らかにこちらを嫌っている様子だったし、実を言えばアンジェリンもヴァレンティンが苦手だった。

ヴァレンティンは初等部の頃、学年一背が高くて、きっとアルファだろうと言われていた。本人もそう思っていただろう。

階級主義で、アルファ至上主義。下級貴族や平民を明らかに差別していたし、オメガやベータを下に見ていた。

中等部を卒業する頃になると声変わりが始まり、髭《ひげ》も生え始めたが、身長はそれほど伸びなかった。オメガのように中性的ではなく、アルファほど男臭さが顕著ではない。ベータらしい特徴を備え始めて、ヴァレンティンもそれを気にしているようだった。第二性の話を振られると、急に不機嫌になったりする。

何かとアンジェリンに敵愾心《てきがいしん》を寄せてきたのに、仲良くしたいだなんて。

怪しいと思ったが、断る理由もないので誘いを受けた。

ヴァレンティンは翌日も、そのまた翌日も、昼食や教室の移動の際に一緒に行こうと声をかけてきて、何となくアンジェリンも彼らと行動するようになった。

新しいクラスで不安だったから、ありがたいといえばありがたい。

ただ、手洗いに行く時もべったりなのと、他のクラスメイトと仲良くなる機会がないのが少し残念だった。

それに、ヴァレンティンたちは相変わらず差別的で、高等部からの外部生を見下すような発言をするから、一緒にいてモヤモヤする。

外部生たちもヴァレンティンたちの態度を見て、距離を置いているようだった。アンジェリンもその仲間だと思われているだろう。

あまり好ましい状況とはいえない。とはいえ、別のクラスメイトたちの輪に入るのも、せっかく誘ってくれたヴァレンティンたちに悪い気がした。

アンジェリンは内心すっきりしない気持ちを抱えたまま、ヴァレンティンたちと行動を続けた。


「ダンヘロヴァーと仲良くしてるんだって？」

入学式から十日ほど経って、ヨハネスと話をする機会があった。向こうから話しかけてくれたのだ。

放課後、ヴァレンティンたちと別れ、迎えの馬車を待つ間のことだ。

子供だった初等部や中等部と違い、高等部では徒歩で登下校する生徒たちも増えたが、防犯の面から、子供を馬車で登下校させる親も依然として多い。

おかげで高等部になっても、登下校の時間になると、学校の馬車回しに馬車がずらりと並んで渋滞する。地方で名門と呼ばれる学校は大抵が寄宿制だから、これは王立学院ならではの光景だろう。

その日はヴァレンティンたちの馬車が先に着いたので、彼らを見送ってアンジェリンが残った。そこへヨハネスが現れ、声をかけてきたのだ。

ちなみに、ヨハネスには登下校の際に護衛が付いているものの、馬車回しから馬車に乗る姿は見たことがない。

詳しくはわからないが、学院の隣がすぐ王宮なので、徒歩で登下校しているのかなと思っていた。それなのに馬車回しに現れたのは、アンジェリンを見かけたからだろうか。それとも他に用事があったのか。理由はどうでも、話しかけてくれたのは嬉しい。

「アンジェリンは、ダンへロヴァー派に入ったってことかな」

いたずらっぽい微笑みを浮かべて、近頃ますます雄々しく美しくなってきた王子が、アンジェリンを覗き込んでくる。

アンジェリンは内心でドキドキしながらも、必死に平静を装った。

「別に、そういうわけじゃありません。向こうが誘ってくれたので、一緒に行動してるだけで。他のクラスメイトとも仲良くなったら、そちらの輪に入るかも」

「そうなんだ。けど、元気そうでよかった。トマーシュ・ミケルやデニス・ジヴニーと別のクラスになったと聞いていたから。しょんぼりしてるんじゃないかと思ってね」

下級生のクラス分けなのに、よく知っている。それだけ、アンジェリンを気にかけてくれているのだろうか。だとしたら嬉しい。

「しょんぼりなんて、しません。僕ももう高校生です。大人なんだから」

中学生みたいな子供とは違うのだ。先月まで中等部にいたくせに、アンジェリンは自信満々に胸を張った。

途端、ぷっ、と隣で吹き出すのが聞こえる。目を剝《む》いて振り返ると、ヨハネスがおかしそうに頰をひくつかせていた。

「何です。失礼な」

「いや、相変わらず元気そうで安心した。ちょっと背が伸びた？」

ヨハネスは笑いながら、誤魔化すようにそんなことを聞いてくる。

「こないだも聞かれましたけど、そんなに伸びてません」

中等部の卒業式の後、春休みの間に一度、王宮のパーティーでヨハネスと会った。その時も同じことを聞かれたのだ。

「いつまでも子供扱いするんだから」

あの時も、からかうような口調だったのを思い出し、アンジェリンは一人でぷりぷりした。

本当は、子供扱いでも何でも、ヨハネスに構ってもらえるのは嬉しかったのだけど。

アンジェリンが中等部で生徒会に入ったあたりから、ヨハネスは顔を合わせると話しかけてくれるようになった。

それ以前は家同士の付き合いで顔を合わせることがあっても、せいぜい挨拶程度だったのに、ヨハネスのほうから頻繁に、声をかけてくれるようになったのだ。

これは偶然ではないだろう。アンジェリンがヨハネスの伴侶に相応しくあるよう努力しているのを、ちゃんと見てくれているのだ。

アンジェリンが生徒会長に就任した時など、わざわざ手紙をくれたこともあった。内容はごく当たり障りのない、労《ねぎら》いと励ましの言葉だったが、前任の生徒会長はそうした手紙を受け取ってはいなかったようだから、自分がヨハネスの特別になったみたいで嬉しかった。

顔を合わせるたび、くすぐるような声音でからかってくる年上の王子に、表向きは気どって受け答えしながらも、内心では喜びはしゃいでいた。

「いや。子供扱いなんかしてない。大人っぽくなったよ」

声をひそめて囁かれ、どきりとする。驚いて顔を上げると、ヨハネスがニヤニヤ笑っていた。

「すぐ赤くなるところは、変わらないけど」

クスクス笑って言うから、からかわれたのだとわかった。

思っていることをすぐ顔に出すなと言われ、赤面するのをからかわれてから、アンジェリンはできる限り感情を面に出さないよう、気をつけてきた。

おかげで昔より、本音を隠すすべは身に付いたのだが、顔が赤くなるのは治らなかった。自分ではどうにもならないのだ。意識するとなおさら、顔が火照《ほて》ってしまう。

「僕をからかうために、わざわざ声をかけたんですか？」

じろっと横目で睨む。二人が話をしている間にも、渋滞していた馬車が少しずつ動いて、馬車回しにようやく、ヴァツリーク家の馬車が入ってきた。

「まあね。ついからかっちゃうんだ。君は反応が素直だから。でもとにかく、元気そうでよかった」

ヨハネスも馬車に気づいて、早口になる。

「俺も、中等部の友達とクラスが別々になったけど、高等部から入った生徒で、仲のいい友達ができたんだ。今は新旧の友達が交じって交流するようになったよ。君も、新しい出会いがあるといいね」

ヴァツリーク家の馬車が目の前に停まって、ヨハネスが「じゃあね」と言った。

ヨハネスも、高等部のクラス替えの時、一人になったのだ。でも、新しい友達ができた。同じ境遇になったアンジェリンを、励ましてくれているのだろう。そのことに気づいて、ちょっと感動してしまった。

「……ありがとう、ございます」

微笑もうとして、でも素直になれなくて、目をしばしばさせながらぎこちなく言うと、ヨハネスは笑った。彼もほんの少し、照れ臭そうだった。

アンジェリンは迎えの馬車に乗り、温かな気持ちで家に帰った。

そんなヨハネスの励ましもあり、外部生とも仲良くしようと張り切ったアンジェリンだったが、あまり上手くいかなかった。

他のクラスメイトに話しかけようとすると、ヴァレンティンたちに邪魔をされるのだ。

邪魔、とはっきり言っていいのかどうかわからない。「ヴァレンティン組」はいつでも固まって行動していて、彼らの輪から外れようとしても誰かがついて来る。

短い休憩時間でも固まっておしゃべりをしているし、アンジェリンが一人で席にいても、向こうから寄ってくる。

しかも素早い。アンジェリンが昼休み、隣の席の外部生に声をかけた途端、それを遮るように「ヴァレンティン組」の誰かがやってきて「早く食堂に行こう。ぐずぐずしてると席が埋まっちゃう」と、急かすのだ。

そういうことが何度もあって、アンジェリンはだんだんとヴァレンティンたちといるのが息苦しくなってきた。

会話も苦手だ。彼らの会話はたいてい、ヴァレンティンかアンジェリンへのごますりで、さもなければその場にいない誰かの悪口だった。根拠のない噂話も、好奇心だけならまだいいが、噂の主を貶める内容だったりするので、気が滅入る。

離れようにも、向こうが放っておいてくれない。さてどうしたものか。

悩んでいる間に春が終わり、一学期も終わりに差し掛かった。

「アンジェリンは、高等部でも生徒会に入るんだろう?」

ある日、ヨハネスにそんなことを聞かれた。

高等部に上がってからちょくちょく、アンジェリンが一人になるのを見計らって、ヨハネスが話しかけてくる。

中等部の時も、顔を見れば話しかけてきてくれたけど、今ほど顕著ではなかった。

嬉しくて、そして戸惑う。「お妃候補」や「縁談」といった単語が頭の中をよぎって、そのたびに慌てて振り払った。

アンジェリンが高等部に上がる前の年、ヨハネスは血液検査でアルファであることが判明していた。慣例からすると、ヨハネスは将来、王族や高位貴族の家のオメガを娶ることになる。

「二年になったら入るつもりです。三年になったら生徒会長に立候補します」

その日は馬車回しで迎えを待つ間、ヨハネスと並んでベンチに座っていた。アンジェリンは内心の窺えない王子の横顔を見ながら、そう答える。

「中等部の時のように、か。高等部ではまた、ダンヘロヴァーも立候補するんじゃないかな。高等部のそれは中等部と違って、宮廷の選挙みたいに熾烈《しれつ》だよ。気をつけてね」

そう言ったヨハネスの目がいつになく真剣で、ぎくりとした。

「王立学院で生徒会長を、それも高等部の生徒会長をやっていたというのは、宮廷政治において一種の称号になるんだよ」

それは、アンジェリンも知っていた。だから祖父も父も、それに上の二人の兄も、高等部の生徒会長に就任している。国王夫妻も生徒会長と副会長だった。

「君の代は君と、ダンヘロヴァーもいるからね。両家は相対する二大派閥の長だ。その子弟が一騎打ち、なんてことになったら、この学院も平和でなくなるかもしれない。俺はそれを心配してる」

「生徒会に入らないほうがいいですか？　別に僕は、そこまで生徒会長に執着してるわけじゃありません」

生徒会の活動をするのは、ヨハネスの隣に立つのに相応しい人間になりたいからだ。彼に選ばれたい。ただそれだけだった。

改めて考えると、ずいぶん不純な動機だ。そもそもが、まだオメガかどうかもわからないのに。

「生徒会に入るか入らないかは、君の自由だよ。君の人生なんだから、君が決めなくちゃ。たとえ俺に何を言われても、気にしなくていい」

こちらの想いを見透かされたようで、顔が熱くなった。そんなアンジェリンを見て、ヨハネスは目を細める。

「中等部の時、俺は君にずいぶん偉そうなことを言ったよね。もっと大人になれとか、何とか。自分だって子供だったくせに、ずいぶん高慢な物言いだったたって反省してる」

急にあの時のことを話題にするから、びっくりした。てっきりヨハネスはもう、忘れていると思っていたのに。

「君が入学してきた当時、よく周りからからかわれたんだ。あそこに君のお妃がいるぞって。事あるごとに、君を持ち出してくる。そんなこと言うのは、俺を嫌ってる連中だけどね。大人たちまで似たようなことを言うし、君の父上や祖父君もせっついてくるから、イライラしてた」

「それで、八つ当たりに僕をからかったと」

「からかったわけじゃないし、八つ当たりでもないけど……」

アンジェリンが何気なく返した言葉に、ヨハネスは珍しく気まずそうに口ごもった。鼻の頭を掻いて、恥ずかしそうにする。

「いやでも、確かに八つ当たりだったかも。ごめん」

いいえ、と、こちらも口ごもるしかなかった。意地の悪い態度だと思っていた。でも、そんな王子の態度に惹かれてしまったのだ。あれで恋に落ちたのだとは、さすがに言葉にする勇気はない。

「君は昔と変わらず、末っ子のお姫様って感じで、のほほんとして見えたから。俺の隣に立つならもっと優秀になれよ……なんて、とんでもない傲慢《ごうまん》発言だったよね。思い出すたびに恥ずかしくなって、転げ回りたくなる」

ヨハネスでも、そんなふうに思うことがあるのだ。いつも自信満々で揺るぎなく見えるのに。

ちょっと親近感が湧いた。それに、彼は王の一人息子だ。アンジェリンにはわからない重圧を、生まれた時から感じていたのだろう。

呑気に王子様に憧れているアンジェリンを見て、イライラするのも無理はない。

「当時の僕は確かに幼稚だったし、引っ込み思案で人と上手く距離を取れませんでした。変わろうって思ったのは、殿下の言葉があったからです。おかげで友達も増えたし、好きな教科以外の勉強も頑張れるようになりました。確かに殿下の態度は意地悪だなって思ったけど、あの時、ああ言ってもらえてよかったです」

それは本心からの言葉だったが、ヨハネスはそこで大きく目を瞠り、まじまじとアンジェリンを見つめた。

「まいったな。君のほうがよっぽど大人だ」

ヨハネスからそんなふうに言われるなんて。照れ臭くて、でもすごく嬉しい。

「そんなことはないと思いますけど。まあ言っても、僕と殿下は二つしか違わないわけですからね」

「すぐいい気になる。十代の二歳差は大きいんだよ、後輩君」

ヨハネスは笑って、アンジェリンの頬を人差し指でつん、と突いた。くすぐったい。

口では「やめてください」と言ったけれど、内心では胸が高鳴っていた。

「以前よりは大人だけど、大人とか子供とかいう問題じゃないな。君は素直で気が優しいから。俺はちょっと心配」

穏やかな微笑みに戻って、ヨハネスは言う。素直で気が優しいなんて、初めて言われた。家族にも友達にも、気が強いとか天邪鬼だと言われるばかりなのに。

ドキドキしていたら迎えの馬車が来て、何が心配なのか聞けずじまいだった。

中等部の頃より、ヨハネスとの距離が縮まった気がする、というのは、アンジェリンの欲目だけではないだろう。

学校でヨハネスが話しかけてくるのは、明らかにアンジェリンが一人の時を狙《ねら》ったもので、そう機会は多くなかった。時間も短い。

でも、内容は濃いものだったと思う。あの当時の会話を、アンジェリンは今もすべて覚えているくらいだ。

二人で話しているところを、他の生徒にも見られていて、一学期の定期試験前には、二人は婚約間近ではないかと噂が立っているらしいのを、トマーシュとデニスから聞いた。

ヴァレンティンにも嫌味を言われた。たぶん嫌味か、さもなければ牽制だ。

「ヨハネス殿下は、もう何人もの相手と付き合っては別れているらしいよ。たとえば生徒会の会計の人と、あと学外にも何人か。一人はベータだって。ほら、後腐れのない関係ってやつ。今のうちに遊んでおかないとね」

「中等部の三年でもう、初体験を済ませてるんじゃないかって噂だよ。相手は年上のオメガだってさ。閨房《けいぼう》指南てやつ」

こういう下世話な噂話を、聞こえよがしに披露する。その時にチラチラとアンジェリンを見るので、何となくイラっとしてモヤッとする。

「ふうん。そういうこともあるんだろうな」

あまり邪険にしないよう、感心しているふりをしたりもした。アンジェリンが顔色を変えないのを見て、取り巻きは鼻白み、ヴァレンティンは鼻に皺を寄せる。

もちろん、ヨハネスのことだから気にならないはずはない。もっと詳しく聞きたかったし、ヨハネスに直接、噂は本当かと問い質《ただ》したくてたまらない。

よっぽどヨハネスと二人きりになった時に尋ねようかと思ったが、そのたびに中等部の頃の、あの意地悪で冷ややかなヨハネスを思い出し、自制した。

自分にそんな資格はない。アンジェリンはヨハネスにとってまだ、何者でもないのだ。

気になることもうんざりすることもあったが、一学期はつつがなく終わった。定期試験の結果もまずまずだ。生徒会に入るつもりだったから、勉強も頑張っていた。

夏休みになり、アンジェリンは母や祖母に連れられて、ほうぼうの茶会やパーティーにも出席した。そろそろ社交界に顔を出す年齢だというのが理由だ。

家族も親戚も、高校生になっても髭一本生えないアンジェリンを見て、オメガだと判断していた。なので、母や祖母に連れられていく社交の場も、女性やオメガの集まりが多かった。ヨハネスのいない社交場は退屈なばかりだ。

夏休みの後半はデニスに招かれて、彼の家の別荘に滞在した。トマーシュや、中等部時代の親しい友達もいた。デニスの新しい友人たちもいたが、彼らはみんなデニスと同様、気の優しい人たちだった。新しい友人はみんな、外部生だ。

「僕ももっと、同じクラスの外部生と交流して、新しい友達を作りたいんだ」

アンジェリンが自分の思いを打ち明けると、みんな賛成してくれた。

「いいと思う。俺たち外部生に限らず、やっぱりヴァッツリーク家やダンヘロヴァー家くらいになると、こっちからは声をかけにくいもの。みんな、アンジェリンから話しかけてくれたら嬉しいと思うよ」

「一組は特に、ヴァッツリークとダンヘロヴァーを中心に、名家や有力貴族が徒党を組んでるって、噂になってるからね。家柄で友達を選んでるって。トマーシュやデニスから話を聞いてたから、僕らは違うってわかるけど。アンジェリンを誤解してるクラスメイトも多いんじゃないかな」

外部生の二人が言うのを聞いて、二学期はぜひ、「ヴァレンティン組」を抜けて新しい友達を作らなくては、と決意を固めた。

デニスの別荘は、毎日が楽しかった。新しい友達もできて、クラスが違ってもまた遊ぼうねと約束し合った。

夏休みはあっという間に過ぎ、アンジェリンは二学期に向けて、ヴァレンティンたちとどうやって距離を取るかをあれこれ考えた。

相手が気を悪くしないよう、断りの言葉を紙に書いたりしていたのだが、それはまったく何の意味もなさない、無駄な時間だった。

こちらから距離を置くまでもなかったのだ。

二学期が始まると同時に、ヴァレンティンたちのほうから距離を置かれた。

アンジェリンは「ヴァレンティン組」からはじき出されてしまったのである。

二学期の初日は、何が起こっているのかよくわからなかった。

教室に入っても、誰も話しかけてこない。今までだったら、アンジェリンが他のクラスメイトに挨拶をする前に、ヴァレンティンかその取り巻きたちが話しかけてきたのに。

訝《いぶか》しく思いながらも、その時はちょうどよかったと思っていた。

授業と授業の間も、誰も話しかけてこなかった。始業日は午前中で終わる。不思議に思いながらも初日を終えた。

翌日もヴァレンティンたちから話しかけられず、挨拶をしても素っ気ない返事をされるだけだった。そのくせアンジェリンのほうを見て、クスクス笑ったりしている。

昼休み、アンジェリンを置いて彼らが食堂に向かうのを見た時、はっきりと除《の》け者にされたことに気がついた。

何か、彼らの気に障ることをしただろうか。一学期のやり取りを思い出してみたが、思い当たることがなかった。

首を傾《かし》げたが、あまり気落ちはしていなかった。むしろせいせいした気分だった。彼らのごますりや自慢、悪口を聞くのが、本当に苦痛だったのだ。

アンジェリンが仲間外れにされたことは、他のクラスにも早々に伝わったらしい。放課後、トマーシュとデニスが心配して、アンジェリンのクラスまで迎えに来てくれた。

「アンジェ、君、ヴァレンティンにはめられたんだよ」

馬車回しまで揃って向かいながら、トマーシュが断言した。入学時、アンジェリンを自分の仲間に引き入れたのは、こうして仲間外れにするための布石だったというのだ。

ヴァレンティンたちは今日の昼休み、食堂でアンジェリンの悪口を吹聴していたという。とんでもない我がままで、中等部の時も元取り巻きたちを手足のようにこき使っていたとか。

「実を言えば、何でヴァレンティンがアンジェリンを仲間に引き入れたのか、入学当初からずっと気になってたんだよね。仲間外れだけじゃ済まないかもしれない。気をつけて」

デニスも言った。仲間外れにされるだけでなく、いじめられるかもしれない、ということだ。

ヴァレンティンにいじめられるなんて、ゾッとしない。

「大丈夫。やられたらやり返してやるさ」

威勢よく言ってみたものの、内心では不安だった。

ただ幸いにして、ヴァレンティンたちからはその後もそれ以上、何かされることはなかった。

こちらが話しかけても素っ気ないし、場合によっては無視される。たまにこちらを見て、クスクス笑う。アンジェリンのいないところで、アンジェリンの悪口を言い立てる。

でも逆にいえば、それだけだった。それよりも苦労したのは、新しい友達作りだ。

二学期ともなると、だいたいみんなクラス内で友達ができて、友達同士で固まっている。夏休みに一緒に過ごした生徒たちもいて、夏の思い出話に花を咲かせたりしていた。

そんな中に、アンジェリンはぽつんと一人でいた。

ヴァレンティンたちとは違い、彼らはアンジェリンが話しかけると答えてくれるが、やはりぎこちない。相手が気詰まりに感じているのがこちらにも伝わってきて、昼食を食べる仲間に入れてほしい、と伝えるのを何度か諦めなくてはならなかった。

こちらが思っていた以上に、アンジェリンは周りから取っつきにくく思われていたらしい。

一学期にヴァレンティンたちと徒党を組んでいたことで、アンジェリンも「階級主義」だと誤解されているのかもしれない。あるいは、ヴァレンティンたちが吹聴する嘘を信じているか。

高等部は外部生も多いし、中等部でも別のクラスだった生徒は、アンジェリンのことをよく知らない。ヴァレンティンの噂を真に受ける生徒も多いだろう。

しかし、ここで独りぼっちになっては、ヴァレンティンの策にはまったようで業腹《ごうはら》だ。諦めず、クラスメイトたちに話しかけ続けた。

それでもやっぱり、周りの態度はよそよそしくて、内心でしょんぼりしていた時、向こうから声をかけてくれた生徒がいた。

「アンジェリン、て呼んでもいいかな。よければ、僕らと昼食を一緒に食べない？」

それがルミ・ピヴォンカ、後に事件を起こすオメガのクラスメイトだった。


「僕ら、ずっと話しかけたいと思ってたんだ。アンジェリン様って呼んだほうがいいのかなとか、いろいろ話してて。でも、もう内部組で固まってたから、話しかけづらかったんだよね」

ヴァレンティンたちに仲間外れにされてから、一週間ばかり経った頃、ルミが話しかけてきた。

たったの一週間。でも、クラスで独りぼっちの一週間は、毎日がとてつもなく長く感じられた。

だからその日の昼休み、ルミが声をかけてきてくれて、泣きそうになるくらい嬉しかった。

ルミは高等部からの外部生だった。

ピヴォンカ家という貴族の長男で、アンジェリンと同じくらい小柄で、身体つきも華奢だ。

「夏休み、初めての発情期を迎えてさ。オメガだってわかったんだ」

そう言う彼の首にはなるほど、一学期にはなかった首輪が着けられている。

ルミの周りには三人の外部生がいた。カールにヤン、オスカー。三人とも背が高くがっしりと逞しい身体つきをしている。そんな中にルミがいると、ルミの可憐さが際立って見えた。

「カールはアルファだよ。たぶん、ヤンとオスカーも検査すれば結果が出ると思うけど。カールはこの夏休み、僕と一緒にいて発情に巻き込まれたんだ。それでアルファだとわかったってわけ。あの時は危なかったよね。危うくやっちゃうところだった」

いきなりあけすけな話をするルミに、アンジェリンはギョッとした。カールは寡黙にうなずくだけだったが、ヤンとオスカーはゲラゲラ笑って「やっちゃえばよかったのに」などと言っている。

ルミたち四人は、言ってしまえば遊び人のような集まりだった。

このクラスの誰より大人っぽくて、ちょっと荒んだ感じがする。ルミなど、ネクタイを外して大きく襟《えり》をはだけ、首にはオメガの首輪を巻いているから、色っぽくてドキッとする。

他の外部生たちも何となく、ルミたちには話しかけにくいようだった。

二学期に独りぼっちになったアンジェリンも、彼らには気後れしてなかなか声をかけられずにいた。

でも、今日こそは話しかけてみようと思っていたから、ルミから話しかけてくれたのは本当にありがたかった。

「ヴァレンティンたちに仲間外れにされてただろ。感じ悪いよね。アンジェリンさえよければ、これから一緒にご飯を食べたりしようよ」

ルミはヴァツリークやダンへロヴァーの名に臆《おく》することなく、気さくにそう言ってくれて、その日は久しぶりに友達と昼ご飯を食べることができた。

教室を移動する時も四人の仲間に入れてもらい、アンジェリンはもう独りぼっちではなくなった。

放課後ルミたちと別れ、ウキウキした気分で馬車回しまで一人で歩いていたら、後ろからヨハネスに呼び止められた。

「やあ。大丈夫？」

ヨハネスは校舎の出入り口でアンジェリンを見かけ、走って追いかけてきたらしい。息を切らした開口一番、大丈夫かと問われ、何のことかと戸惑った。

「意外と元気そうだね。ダンへロヴァーに仲間外れにされてるって聞いたから、もっとしょげてるかと思った」

それで、心配して声をかけてくれたのだ。今日は何ていい日だろう。新しい友達ができて、ヨハネスはアンジェリンを気遣ってくれる。

「ぜんぜん大丈夫です。むしろヴァレンティンたちと離れられてせいせいしてます」

だから、力強く答えた。本当は、仲間外れにされた最初の頃はちょっと悲しかった。友達作りが上手くいかなくて、夜にメソメソ泣いたりもしたが、それは誰にも内緒だ。

「うん。頑張ってクラスメイトに声をかけたりしてたものね」

見てきたように言うヨハネスを、アンジェリンは横目で睨んだ。実際に見たわけではないだろう。ヨハネスが一年の教室に来たりしたら、それだけで目立つ。

「うちのクラスに誰か、殿下にご注進をする生徒がいるんでしょうか」

「さあね。秘密」

予想どおり、はぐらかされた。

「今から生徒会に入る？　ちょうど雑用係が欲しかったんだ。ただの雑用なら、一年でも問題ないだろ」

お昼を一人で食べていたのも、知っていたらしい。生徒会の役員たちは、生徒会室で昼食を摂ったりしている。それでアンジェリンを誘ってくれたのだ。

ヨハネスが、そこまでアンジェリンを気にかけてくれているとは思わなかった。嬉しいが、同時に羞恥心も込み上げた。

クラスメイトから仲間外れにされているなんて、惨めな状況だ。しかも、友達を作ろうとして失敗していることまで知られていた。

ヨハネスにはいいところだけ見てほしかったのに。恥ずかしくて、顔が熱くなった。

「お気遣いありがとうございます。でもあの、大丈夫です。解決しました」

「そうなの？」

「は、はい。今日、新しい友達ができたんです。外部生の。向こうから声をかけてくれて。お昼も彼らと一緒に食べたんです」

「それは知らなかったな。ごめん、余計なことを言ったね」

すまなそうに頭を搔くから、アンジェリンは急いでかぶりを振った。

「気にかけてくださって、ありがとうございます。嬉しいです。情けないところを知られていたのは、ちょっと恥ずかしいですけど」

ヨハネスがいつもみたいにからかったり面白がったりせず、真面目に寄り添ってくれるので、アンジェリンも素直に気持ちを伝えることができた。

ヨハネスも目を細め、優しく微笑んだ。

「情けなくなんかないよ。あっちがあからさまに仲間外れにしたんだろ。でも、ダンヘロヴァーと別れられたのはよかったね。君と彼が固まっていたせいで、君たちのクラスは階級主義的だって言われていたから」

デニスの友達も、似たような話をしていた。そこまで噂が広まっていたなんて、知らなかった。三年のヨハネスが言うくらいだから、たぶん学校中に広まっているのだ。

やはり、ヴァレンティンたちと離れてよかったのだ。つまはじきにされて落ち込んだけれど、もともと離れるつもりだった。

ヨハネスに肯定されたことで、羞恥に沈んでいた気持ちが浮上した。

「やっぱり、そうですよね。ルミも言ってました。内部生ばかりで声をかけづらかったって。あ、僕に声をかけてくれた友達なんですけど。ルミ・ピヴォンカっていう、男爵家のオメガで」

ルミの名前を聞いた時、ヨハネスの片眉がわずかに引き上がった。

「ルミ・ピヴォンカ……。へえ」

「ご存知なんですか」

ピヴォンカ家は、それほど家格は高くない。王族と面識があるとは驚きだった。

そんな、何気ない問いかけだったのだが、ヨハネスはなぜかバツが悪そうに視線を逸らした。

「いや、ご存知ってほどでもない。たまたま、夏休みに出向いたパーティーに彼がいたんだ。彼とあと、アルファっぽい強面《こわもて》の男子が」

「カールかな。カール・ゼマン」

強面と聞いてすぐ、カールの顔が浮かんだ。ヨハネスも「たぶんそうだ」と、うなずく。

「夏休みに、パーティーがあったんですね」

アンジェリンも夏休みにはいくつかの社交パーティーに出向いたが、王族から男爵家まで揃うようなパーティーがあったとは、聞いていなかった。

これも何気ないつぶやきだったのだけど、ヨハネスは頭を掻いた。

「君が思ってるようなパーティーじゃないよ。学生ばかりが集まってバカ騒ぎをする、行儀の良くないやつだ」

「行儀の良くない……」

アンジェリンはよくわからなくて、ヨハネスの言葉を反復した。

「聞いたことはあります。不良たちが集まるパーティーだって」

良く言えば社交的な、悪く言えば「遊んでる」貴族の子弟たちが、誰かの屋敷を解放して、夜にパーティーを開くのだ。

女子学部の生徒や、アルファやオメガも入り乱れて、お酒を飲んだり煙草《タバコ》を吸ったりする。中には隠れて、性交渉をする者もいるというようなことを、アンジェリンもそれとなく聞いて知っていた。

「殿下も行かれるんですね。そういう、不良のパーティーに」

「いや、言うほど悪い集まりじゃないからね。色んな人間が出入りしているから、悪くないとは言いきれないけど。友達が友達を呼ぶんで、毎回顔ぶれは変わるんだ」

気まずい気持ちがあるのか、いつもよりやや早口に、ヨハネスは説明する。でもアンジェリンは、ついついヨハネスに胡乱な目を向けてしまった。

「そんな目で見ないで。今度、そのうち、君も連れていってあげるから」

アンジェリンは目を見開いた。お酒を飲んだり煙草を吸ったりするのはよくない。でも不良の集まりに、実を言えばちょっと興味はあった。

「本当に？　今度とそのうち、どっちですか」

身を乗り出すと、クスクス笑われた。

「……そのうち。せめて二年生に上がってからだな」

上手くはぐらかされた気がする。悔しさと期待が入り混じり、「絶対ですよ」と念を押すと、ヨハネスはおかしそう笑った。

「うん、絶対。だから、他の誰かにパーティーに誘われても、ついて行かないように。最初は必ず俺と一緒に行くこと。いい？」

初めてはヨハネスと。その提案はとても気に入った。アンジェリンは大きくうなずく。

「はい。約束します」

「よかった。呼び止めてごめん。じゃあまた」

ヨハネスはホッとした顔を見せ、それから走って校舎へ戻っていった。

その背中を見送りながら、温かい気持ちになる。二学期が始まってからの一週間、憂鬱《ゆううつ》でこの世の終わりみたいな気分だったのが、嘘みたいだった。

その年の二学期は、大きな変化がいくつも重なった時期だった。

一つは、ルミたちと友達になったこと。彼らとはすぐに打ち解けて、毎日楽しく過ごしていた。

ヴァレンティンから離れ、新しく友達ができたことは、トマーシュやデニスも喜んでくれた。ルミたちを紹介したりして、冬休みにみんなで遊ぼうか、なんて話もしていたのだ。

学期末の定期試験のために、放課後はルミやカールたちと図書室で勉強したりもした。

四人はちょっと不良っぽいところもあり、あけすけすぎる会話に時たまついて行かれなくなることもあるけれど、気さくで気遣いができて楽しい仲間たちだった。

価値観も考え方もアンジェリンとは違うところがあって、彼らと友達になれたことは幸運だったと思っていた。

もう一つの大きな変化は、オメガとして初めての発情期を迎えたことだ。

二学期も終わりに近づいたある日、それは唐突に訪れた。

ちょうど週末で、学校は休みだった。母と母方の祖母とお茶会の予定が入っていたのだが、朝から熱っぽく、予定をやめて家で寝ていた。

午後に医者が往診に来て、脈を測ったり喉の奥を覗いたりした後、アンジェリンの口に試験紙をくわえさせた。

「オメガの簡易試験紙です。もしかしたら、発情期かもしれません」

試験紙には、陽性と出た。

「後日、血液採取を行いますが、十中八九オメガの発情期でしょう。おめでとうございます」

何がめでたいのかわからなかったが、医者のその一言で、屋敷中が大騒ぎになった。

母と祖母が茶会を中断して戻ってきて、次兄と父も間もなく仕事を切り上げて帰宅した。夕方には長兄と宰相の祖父までがやってきた。

みんながアンジェリンに「おめでとう」と言う。やはりこれは、めでたいことらしい。

「やはりアンジェリンはオメガだったか。いや、嫡流に一人くらいはと思っていたが、素晴らしい」

祖父はことさら喜んでいた。アンジェリンのベッドの周りに集まって、わいわい騒ぐ。家令がやってきて、アルファがいると落ち着かないからと彼らを追い出してくれた。

近親者には発情の香りは効きにくいとされているが、やっぱり近くにアルファがいると気を遣う。家令に感謝し、その日はゆっくり眠ったが、その夜からオメガの発情期特有の症状に悩まされた。

身体の奥がじくじくと疼いて、落ち着かない。男性器も勃ちっぱなしで、自慰をしてもきりがない。

どこでアルファに出会うかわからないから、ほとんど部屋から出られない。

こんなのが一週間近く続くかと思うと、うんざりした。それも年を取るまで、ほぼ隔月でこうなるのだ。

それでも自分は恵まれているほうだ。世の中のオメガがすべて、発情期にただ安静にしていられるわけではない。生きていくだけで、大変な苦労を強いられるオメガもいるのだ。

自分にそう言い聞かせ、発情期の不調をやり過ごした。

発情期が終わりに近づく頃、血液検査の結果が出て、アンジェリンは正式にオメガと認められた。

二学期の残りと冬休みは、慌ただしかった。

アンジェリンは初めての発情期ということで、症状が治まってからさらに一週間ばかり、学校を休まされた。

久々に登校したのは、定期試験の初日だ。大っぴらに発情期の話をするのが気恥ずかしくて、ルミにだけ発情期が来たことを告げた。

「やっぱり、アンジェリンはオメガだと思ってた。仲間ができて嬉しいな」

アンジェリンも嬉しい。同性の友達というのはやっぱりいいものだ。

定期試験中、アンジェリンには護衛が付いた。初めての発情期を迎えて不安定な時期だから、ということらしい。おかげで、トマーシュやデニスともろくに会話をする暇がなかった。

そうこうしているうちに定期試験が終わり、冬休みに入った。いつもなら友達と遊ぶ約束を取り付けているところだが、発情期で休んでいたから、予定を入れずじまいだった。

もっとも、その冬は遊んでいる暇もなくなった。

「アンジェリン。お前に縁談の話が来ている」

定期試験の最終日、家に帰って夕食の席で、父から言われた。

「お相手はむろん、ヨハネス殿下だ。こちらも急な話で驚いたんだが」

アンジェリンはドキドキした。発情期を迎え、オメガだとわかった時から、いつかこの日が来るとは思っていた。

予想以上に早かった。父も驚いていると言うくらいだ。

「今日、国王陛下から打診があったんだ」

ヴァッリーク宰相の末の孫がオメガの発情期を迎えたという話は、すでに国王陛下の耳にも入っているそうだ。とすれば、ヨハネスも知っているのだろう。

それで国王陛下がさっそく、「うちのヨハネスと添わせてはどうか」と言ってきたというのである。

二人ともまだ高等部の生徒で、正式に決めるのは早い。ただ、内輪で婚約の相談くらいはしておいてもいいのではないか。そんな話をしたそうだ。

「国王ご夫妻はつね日頃から、ヨハネス王子の意思に任せると言っていた。だから、ヨハネス殿下が望まれたということだろう」

父が優しく言い、アンジェリンは胸がいっぱいになった。

ヨハネス本人がアンジェリンを望んでくれた。伴侶に相応しいと認めてくれたのだ。

「お前の気持ちを確認してくれと言われたんだが。この話、お受けしても構わないね？」

アンジェリンはおずおずとうなずく。ヨハネスの妻になるのが、子供の頃からの夢だった。恋焦がれた相手と結婚できる。嫌なはずがない。

「では、話を進めよう」

父が言い、アンジェリンの意思はすみやかに祖父や国王一家に伝わったようだ。

ただ、その後は国王陛下と祖父、それに父が主導で話が進んだようで、婚約の話がどうなっているのか、アンジェリンが詳しく聞かされることはなかった。

その冬は休暇の間中、母が家庭教師を付け、宮廷の礼儀作法やら諸外国語やら、みっちりしごかれた。

友達と遊ぶ暇などなく、友人たちには年越しを祝う手紙とお菓子を贈った。トマーシュとデニスにだけは、近況を知らせておいた。

ルミにも同じように報告しようか迷い、結局やめた。

そんなわけで冬休みは、あっという間に過ぎていった。

三学期も慌ただしかった。ただしこれは、毎年のことだ。冬休みが明けて春休みまで、二か月とちょっとしかないからである。

それなのに、期末の定期試験だけはきっちりある。よって三学期はその始まりから、はや試験に向けての準備を進めなければならないのだ。

おまけにアンジェリンは試験勉強以外にも、家に帰ると王家に嫁ぐための教育が待っていた。

毎日が忙しくて、友人たちとゆっくり語らう時間もなかったし、ヨハネスの姿を探す暇もなかった。

たぶんヨハネスは、アンジェリン以上に忙しかったはずだ。

高等部の最終学年は、卒業試験がある。内部から大学に入学するための試験でもあって、これがなかなかの難関だった。成績によっては王族といえども大学に進学することはできない。

ヨハネスは優秀だから問題なく突破するだろうが、邪魔はしたくない。試験が終わってから話しかけようと考えていた。

そんな誰しも多忙な三学期の最中、ヨハネスが一度だけ話しかけてくれた。

二月の初め、定期試験の直前のことだ。

アンジェリンがいつものように、授業を終えて馬車回しへ向かっていた時、いつぞやと同じように走って追いかけてきてくれたのである。

「アンジェリン！」

後方から呼び声がして振り返ると、ヨハネスがいつになく焦った様子で走ってくるところだった。

近づいてくるヨハネスは、いつものようにニコニコとしていなかった。

「呼び止めてごめん。なかなか君と話す機会がなくて」

言いながら、アンジェリンの前に立つ。どうにか息を整え、はにかんだ微笑みを浮かべた。

「やあ、久しぶり」

「は、はい。お久しぶりです」

柔らかな王子の微笑みに、アンジェリンはドキドキした。顔が赤くなるのがわかる。いつもなら、ヨハネスにからかわれているところだ。

でも今日のヨハネスは、まぶしそうに目を細めただけだった。

「昨年末は大変だったみたいだね。遅くなったけど、おめでとう」

初めての発情期のことだ。おめでとうとは言われなれてきたが、ヨハネスから祝いの言葉を口にされると、妙に気恥ずかしい。発情期の時の身体の疼きを思い出してしまう。

ありがとうございます、と、口の中でもごもごご礼を言った。

ヨハネスは人目を気にするように、ちらりと後方を振り返る。校舎のある方向から、生徒たちが吐き出されるように次々と歩いてきていた。

馬車回しは校門の脇にあるので、ここで人目をはばかるのは難しい。

「縁談の話だけど。君と面と向かって話す前に、親同士で話が進んでしまった。でも、君が話を受けてくれて嬉しかった。ありがとう」

声をひそめ、ヨハネスは早口に言った。アンジェリンは赤くなりながら、何度もうなずく。校舎から こちらに向かってくる生徒たちの声が聞こえて、気が急かされた。

「卒業試験が終わったら、二人きりで話す時間をくれないかな。婚約の話は家同士で進んでるけど、俺はもっと、君個人と話をしたい。たとえば、将来のことも話し合いたいし。アンジェリンも、大学には進学するつもりだろう？」

「はい、できれば」

母も大学まで行ったたし、卒業してすぐ結婚するにしても、教養は無駄にならないはずだ。とくに王室に入るなら。

「よかった。それなら、大学も一緒に通えるね。……それじゃあ。慌ただしくてすまない。試験が終わったら、連絡する」

「はい。あの、卒業試験、頑張ってください」

「ありがとう。君も定期試験、頑張って」

ヨハネスが踵《きびす》を返して去っていく。アンジェリンがその背中を見送っていると、一度だけ振り返って手を振った。

自分は、あの人の妻になるのだ。幸せに胸が詰まった。

その幸せがやがて崩れ去る運命にあるとは、夢にも思わなかった。


それは、ヨハネスに声をかけられた数日後のことだ。

二日後だったか、三日後だったか。正確な日付は覚えていない。

その日、午前中の最後の授業が始まる直前になって、オスカーから声をかけられた。

「アンジェリン。ルミを見なかった?」

そういえば、とアンジェリンも教室を見回す。一時間目の終わりに雑談をしてから、ルミの姿を見ていない。

「いや。見てないな。そういえば、前の授業はどうしてた?」

「たぶん、サボり。教室に入ってきたの、見てないもん」

「しょうがない奴だな」

ルミはたまに、授業をサボることがある。好きな授業は熱心に受けるのだが、苦手な授業はじっとしているのも嫌らしい。

「アンジェリンも知らないって」

オスカーが、少し離れた席にいるヤンとカールに告げた。カールの表情が険しくなった。

「何かあったのか?」

三人とも、いつもよりどこか緊張している気がする。アンジェリンは不安になって、自分の席を立ち、固まっている三人に近づいた。

「いや。たぶん、いつものサボりでしょ。次はあいつの好きな数学だから、きっともうすぐ戻ってくるよ」

オスカーが肩をすくめ、軽い口調で言う。カールが黙ったままなので、アンジェリンは彼を見た。カールは険しい顔で遠くを見つめたままだった。

「今朝、あいつから甘い匂いがした気がしたんだ。発情期じゃないって言ってたけど、周期どおりに来ないこともある」

「カールは、ルミに突発的に発情期が来たんじゃないかって、心配してるんだ」

オスカーが補足して、ヤンが取りなすように言葉を引き継いだ。

「けど、ルミのことだから、もし発情期が来ても保健室に逃げ込んでるよ。それか、アルファと出くわさないように隠れてるか。どっちにしても、俺たちが捜しに行ったらまずいだろ」

「僕が捜してくる」

アンジェリンは即座に声を上げた。考えるまでもなかった。

もし、ルミが発情期に陥り、一人で困っていたら。一人ならまだいい。どこかでアルファの生徒と出くわして、彼らが「事故」に陥ったりしたら。

「僕が捜してくる。君たちは先生に上手く言っておいてくれ」

三人は思わず、というように顔を見合わせていた。

「いやいや。アンジェリンにサボらせるわけにいかないだろ」

「でも、ルミに何かあったら困る」

「わかった。俺も行く。二人で探そう」

カールが立ち上がった。相変わらず険しい表情で、思い詰めているようにさえ見えた。

「俺も行くよ。ルミを見つけて、もし発情してたら、俺たちは近づかないで助けを呼びに行く。その間、アンジェリンが付いてる。それでいいよな？」

オスカーがへらへらした笑いを消して、なぜかカールに向かって言った。カールは黙ったままだ。

アンジェリンが代わりに答えた。

「ああ。それでいい」

「じゃあ俺も行く。その前に、数学の先生に事情を説明しておくよ。最初に保健室に捜しに行くよな？そこで合流しよう」

ヤンが話をまとめ、四人は教室を出た。もうすぐ授業が始まる。生徒たちが慌ただしく教室に戻る中、アンジェリンたちは逆方向へ急いだ。最初は保健室だ。

途中で、別のクラスのデニスとすれ違った。こちらの慌ただしい雰囲気に、どうしたの？という顔をしたが、立ち止まって説明している時間が惜しい。

アンジェリンは「後で話す」と、口の動きだけで相手に伝え、先を急いでいるという態度を示した。

保健室に、ルミはいなかった。オスカーが言うには、オメガの残り香もしないようだ。

そこでヤンと合流し、ヤンが「図書室を探してみよう」と言い出した。

図書室は別の棟にある。教室のある本校舎から離れていて、助けを求めにくい場所だが、授業中はほとんど誰もいないはずだというのだ。

「ルミが発情して隠れているとしたら、そこかもしれない」

ヤンが確信したように言うから、四人は別棟へ急いだ。図書室に入ってすぐ、アンジェリンはまず司書教師の姿を探した。ルミを見なかったか尋ねようと思ったのだ。

けれど、大抵いつも入り口の受付に座っている司書教師の姿が、今日はなかった。

「ルミー！」

司書の姿が見えないからか、ヤンが大声で中に呼びかける。オスカーも続き、アンジェリンも声を出してルミを呼んだ。

応えはなく、司書教師が大声を出すなと咎《とが》めに出てくることもなかった。

そこで、何かがおかしいと気づくべきだったのかもしれない。

司書教師はいつでも図書室にいるものだし、不在にする時は図書室に鍵をかけていた。そういうものだと知っていたのに、その時は疑問にも思わなかった。

「たぶん、こっちだ」

しばらく図書室内を捜した後、カールが唐突に言い、閉架書庫に向かって歩き出した。ヤンとオスカーがすぐにカールの後を追い、アンジェリンにも「行こう」と促した。

カールの発言はあまりに唐突だったし、あとの二人が何も聞かずについて行くのも、後で考えればおかしかった。

でもその時のアンジェリンは、やはり発情したルミがどこかに隠れていて、アルファの彼らがその匂いを感じ取ったのだと思っていた。

閉架書庫の前まで来て、カールはためらいなく扉を押した。鍵はかかっておらず、難なく開く。

昼でも暗い部屋の中に大柄な男が消えるのを見て、アンジェリンはそこで初めて焦った。中に発情したルミがいるなら、カールはここで立ち止まるべきだ。

「おい、君が入ったら……」

「ルミがいた。アンジェリン、助けてくれ」

すぐにカールの声が上がったので、アンジェリンは急いで書庫に足を踏み入れる。

みっちりと書架が並ぶ部屋は、突き当たりに窓があるだけで、やはり薄暗かった。恐る恐る中へ進むと、奥からルミのアンジェリンを呼ぶ声がした。

「アンジェリン、助けて」

ルミが困っている。同じオメガの友達が。

早く助けなければ。頭の中はそのことでいっぱいで、アンジェリンは迷うことなく書庫の奥へと進んだ。


その後に起こった出来事は、あまり思い出したくない。

部屋にそびえる書架の一番奥を覗くと、そこにルミとカールがいた。

ルミは足を手前にして床に寝転び、ズボンの前を開いて性器を剝き出しにしている。カールは書架と壁の間で窮屈そうに身を屈《かが》め、そんなルミを抱き上げていた。

「ルミ！」

ルミの顔は紅潮しており、息が浅い。片手で自分の服の中をまさぐり、もう片方の手はうなだれた性器を弄っている。発情していることは、誰が見てもわかることだった。

「やあ、アンジェリン」

恍惚《こうこつ》とした表情のまま、呑気に笑いさえ浮かべて、ルミはこちらを見た。まるで正気ではないようだった。

「カール、離れるんだ。君が理性を失ったら、僕の力じゃ止められない」

ルミが普通ではないので、仕方なくアンジェリンは、奥にいるカールに呼びかけた。いつも冷静なカールが、なぜそこでぐずぐずしているのかわからない。

カールは答えなかった。こちらを見もしない。ルミが足元のアンジェリンと頭上のカールとを見比べ、「まだみたいだね」とカールに向かって言った。

カールは、「もう少し」と、掠《かす》れた声で言い、いきなりルミの唇に噛みついた。

それがキスだと、一拍置いてアンジェリンは気づく。お互いの舌を絡め合い、深くまで繋《つな》がろうとするような、性的なキスだった。

目の前で繰り広げられる異様な光景に、アンジェリンは呆然とする。その時、鼻先に甘い匂いが香った。

オメガのアンジェリンが認識できる匂い……アルファの発情の香りだ。甘い匂いが鼻孔を伝い、身体の奥へ入っていくのを、アンジェリンは漠然と感じた。

不意に、腰が重くなる。尻の奥が疼き始めた。

「あはっ。カールってば、すごい匂い」

ルミが神経質な笑い声を立てた。やはりこの香りは、カールが発しているのだ。そのカールはうつむいたままで、何を考えているのかわからない。

「ねえ、アンジェリン」

自分を呼ぶ声に、アンジェリンはビクッと身を震わせた。ルミはどうして、この状況で笑っているのだろう。どうして、嘲《あざけ》るような目でこちらを見るのだろう。

「僕らの身体って、本当によくできてると思わない？　オメガの香りがアルファを発情させる。発情したアルファの香りが、また別のオメガを発情させることができる。たとえ発情期じゃなくても、さ。この場合の妊娠成功率はどれくらいかな」

その言葉に、麻痺《まひ》しかけた思考がようやく動き出した。頭の中で警鐘が鳴る。

ルミの言動に説明は付かないが、とにかく今この場が、アンジェリンにとって危険なことは理解できた。

逃げなくては。ようやくそこに思い至り、振り返る。思わず小さな悲鳴が上がった。

いつの間にかヤンとオスカーが、アンジェリンの真後ろに立って退路を塞《ふさ》いでいた。

「そこ……どいて、くれないか。人を、呼ばなきゃ」

身体が火照る。早くしないと、アンジェリン自身も発情してしまう。

オスカーは無言だった。にこりともせず、無表情にアンジェリンを見下ろすのが怖い。

隣のヤンがニコッと笑った。人懐っこい笑いに、思わずホッとしかけた。

「アンジェリンて、可愛いよな。美人だけど、可愛い」

ヤンは言いながら、アンジェリンの腕を摑んで床に引き倒す。アンジェリンはルミの上に倒れそうになったが、ルミは機敏な動作で身体を壁際に寄せて避けた。

「もう、乱暴だなあ。はい、交替」

ルミはアンジェリンの肩をポンと叩いて起き上がった。乱れた服を直し、ヤンとオスカーの間をすり抜ける。倒れたアンジェリンに、三人のアルファが近づいてきた。

表情もなく、無言のまま距離を縮める男たちが恐ろしい。逃げたいのに、どうしてか身体が震えて動かない。

「発情しながらヤるのって、すごく気持ちいいんだって。僕も興味があるんだけど、発情中の性交はほぼ妊娠確定だもんね。ここにいたら、僕も襲われちゃう」

じゃあね、とルミは笑いながら遠ざかる。一人で逃げるのだ。アンジェリンを置いて。

「ま、待て。ルミ、これはいったい、どういうことなんだ」

焦って声を上げたけど、あはは、と楽しそうな笑い声は遠ざかっていった。

「アンジェリン、甘い匂いがしてきたな」

ヤンが取りなすような、人懐っこい笑いを浮かべた。いつもならホッとしただろう。今はただ、笑顔で害をなそうとする彼が恐ろしかった。

身体が熱い。そして熱より何より、中心が疼いてたまらない。鼻孔の奥がずっと、甘ったるい匂いを感知している。

カールだけではない、ヤンもオスカーも発情しているのだ。ルミにあてられたのか、カールにあてられたアンジェリンにあてられたのか。

身体が熱っぽいせいか、次第に意識もぼんやりしてくる。アルファの甘い香りに誘われて、このまま身をゆだねてしまいたい気持ちに駆られた。

（だめだ）

頭にもやがかかったような状態で、それでもわずかに残った理性が警告する。

逃げろ。死ぬ気で抵抗しろ。

アンジェリンは必死で暴れた……のだと思う。水の中みたいに身体が重くて、あっという間に男たちに押さえ込まれた。そのままネクタイを引き抜かれ、ズボンの前がくつろげられる。シャツは引き裂かれ、ボタンが弾け飛んだ。

「嫌だ。やめろっ」

必死で暴れているのに、アンジェリンの身体は発情し、性器は勃起している。下着ごとズボンを引き抜かれ、外気に触れた後孔が物欲しげにひくついた。

「誰からいく？」

「……それは後だ。まずはうなじからだ」

ヤンの楽しそうな声と、カールの掠れた声。うなじを噛むつもりなのだとわかって、アンジェリンは心臓が止まるかと思った。

「や、やだ。カール、やめてくれ」

発情中にアルファがオメガのうなじを噛めば、もうそのオメガは他のアルファと番になれない。

明確な悪意を感じた。どうして、と頭の中にその言葉だけが回る。

誰かがアンジェリンの身体を転がして、うつぶせにした。その上に誰かがのしかかる。カールだ。

「や、やだ。頼む、やめてくれ」

両手でうなじを隠したが、簡単に引き剝《は》がされた。アンジェリンはうなじを噛ませまいと、必死で身を捻《ひね》る。けれどカールはそんなことお構いなしに、アンジェリンの身体を潰すようにして体重をかけた。カールの顔が近づいてくる。

男たちに乱暴された上、番になどさせられたら、アンジェリンはヴァッツリーク家でその価値を失うだろう。両親や祖父、それにヨハネスの顔が頭に次々に浮かんで、泣きそうになった。

「やめ、やめろっ。ぼ、僕は……ヴァッツリーク家のオメガなのにっ」

アンジェリンがヴァッツリークの名を口にした一瞬、無表情だったカールの顔に初めて感情が浮かんだ。それは、憎しみの色だった。

「――どうして?」

アンジェリンの問いに、カールは答えなかった。だから理由はわからない。ただ、友達だと思っていたのはアンジェリンだけだったということは理解できた。

「どうして。どうして……っ」

ひとりでに涙が溢れた。カールの顔が涙でぼやけ、見えなくなる。首筋に息がかかり、次の瞬間には首から肩の付け根にかけて、激痛が走った。

「ひぃっ、ひーっ」

首の肉を噛みちぎられるかと思うくらい、ひどい痛みだった。手足をばたつかせたが、カールは離してくれない。あまりの衝撃に、意識が遠のいた。

意識を失っていたのは、一瞬だったのか、それとも長い時間なのか。

揉《も》み合うような人の声と、本が落ちる音など、周りの騒がしさに意識を取り戻した。

いつの間にか、カールたちの姿が消えている。けれど近くにはいるらしく、書架の向こうから言い争う声が聞こえていた。

「とにかく、こいつらを書庫から出すんだ。早く！」

カールたちとは違う、誰かの声がする。聞き覚えがある気がしたが、誰かわからない。

鼻の奥の甘ったるい匂いは消えていた。カールたちが遠ざかったせいだろうか。

「アンジェ！」

書架の影から、トマーシュが現れた。手には毛布を持っている。用意がいいな、と、アンジェリンは床に寝転がったままぼんやりと首だけを動かして、そんなことを考えた。

トマーシュは、アンジェリンの姿を見て息を呑み、立ち止まった。それからすぐ、くしゃくしゃに顔を歪め、毛布をアンジェリンの身体に掛けた。

「もう大丈夫だからね。血が出てる。すぐに手当てをしよう」

トマーシュが悔しそうに涙をこぼすのを見て、ああ自分はもうだめなのだなと思った。

汚されてしまった。もう自分の人生は終わった。

発情の周期ではなく、無理やりに発情させられたからなのか、アルファの香りがなくなると、アンジェリンの身体の熱も急速に下がっていった。

「立てるかい？　ゆっくりでいいよ。支えてるからね」

トマーシュが小さな子供に対するように、優しく言いながらアンジェリンを立たせてくれた。

アンジェリンはずっと、ぼんやりしていた。何もする気が起きないし、何も考えられなかった。

「トマーシュ・ミケル。手を貸そうか」

近くで声がした。先ほどの、聞き覚えがある声だ。

「いえ、大丈夫です。このまま、アンジェリンを連れて出ていいですか」

トマーシュが答え、声の主は「ああ。俺が先に行く」と返した。

アンジェリンはトマーシュに支えられ、ゆるゆると書庫の出口に向かった。

声の主は三年の生徒だった。マレクという、ヨハネスの友人だ。

書庫の入り口に差し掛かると、他にもヨハネスの友人たち、中でもベータだと噂の生徒たちが図書室に数人いた。

「彼らはもういないな？」

「ああ。教師に引き渡した。数学のメルトル先生と歴史のフェレンツ先生。どちらも王室派だ。信用できると思う」

マレクたちが声をひそめて話すのを、アンジェリンはぼんやり聞いていた。トマーシュに促されるまま足を動かし続ける。

図書室の入り口近くに差し掛かった時、思わず足が止まった。

そこに、ヨハネスの姿があったからだ。

ヨハネスが来てくれた。助けに来てくれた。

凍り付いた時間が、急に動き出した気がした。何もかも終わったと絶望していたけれど、そうではなかったのだ。

怖かったね、もう大丈夫だよ。何も心配することはない。

そんな言葉を期待していたのかもしれない。あるいはトマーシュがしてくれたみたいに、手を差し伸べてくれるものと思っていた。

「殿……」

殿下、と呼びかけようとして、そこで初めて、ヨハネスの表情に気がついた。

彼は青ざめ、他者を拒絶するように自分の身体を抱きしめていた。

険しく眉をひそめ、横目でアンジェリンを見る。確かに目が合って——すぐに逸らされた。

そればかりか、アンジェリンを避けるように顔をそむけた。

「あ……」

どうして。愕然《がくぜん》とするアンジェリンの隣で、トマーシュが「さあ、行こうね」と、優しく肩を抱いて先を促す。足は機械的に動いたが、アンジェリンはまだぼんやりとヨハネスを目で追っていた。

顔をそむけたヨハネスが、ちらりとこちらを見た。彼は顔を歪め、まるで軽蔑するようにきつくアンジェリンを睨み、そしてまた目を逸らした。それきりアンジェリンを見ることはなかった。

どうして、どうして。

もう何も考えられない。頭の中にあるのは、その言葉だけだった。


気づくと家に帰っていて、自分のベッドの上にいた。

カールに噛まれた首には包帯が巻かれている。

「助け出された時点で、下は脱がされていなかったそうです。首の傷は……楽観はできませんが」

医者の言葉に、アンジェリンは自分が純潔を失っていなかったのだと知った。

閉架書庫でカールたちに襲われ、気を失っていたのはそう長い時間ではなかったらしい。

首筋の傷も、うなじを微妙にずれていた。だからもしかしたら、番の契約はされていないかもしれないと言う。

「きっと大丈夫だ」

母は言ったが、医者の言うとおり楽観はできない。

番の契約が刻まれている場合は、首の傷は一生消えない。逆にただの噛み痕なら、いずれ傷は癒《い》えて消える。傷が消えるか消えないか、時間の経過を待つしかなかった。

アンジェリンは自分の部屋で、しばらくぼんやりと寝て過ごした。しばらくがどれくらいだったのか、よく覚えていない。

部屋で食事をして、寝て、その繰り返し。部屋には世話係の使用人と医者以外、家族もほとんど訪れなかった。

たまに母が様子を見に来るくらいだ。アルファの父や兄たちは遠慮してしばらく顔を出さなかった。

「学校のことは気にせず、ゆっくり休んでいい」

母の話では、アンジェリンの期末試験は免除され、二年生に進学が決定したということだった。

「お前を襲ったクラスメイトたちは、みんな退学になったよ」

ついでに家からも勘当され、貴族としての身分を失ったということも教えてもらったが、なぜ彼らがアンジェリンを襲ったのか、肝心の話はしてもらえなかった。

学院の調査でも、はっきりした理由はわからなかったらしい。

ただ、ルミたち不良学生によるいじめ事件とされ、いじめた側を処分することで決着がついた。

だから、ルミたちが何を思ってアンジェリンと仲良くなり、裏切ったのか、彼らの心情がつまびらかになることはその後もなかった。

アンジェリンはぼんやりとベッドの上で過ごしていたが、時々、あの事件のことがよみがえってつらくなった。

ルミの嘲る口調、カールの憎しみの眼差し。

友達だと思っていたのは、自分だけだった。いつから彼らはアンジェリンを憎んでいたのだろう。

自分がいったい何をしたというのか。

どうして、どうして。

いくら考えてもわからなかった。もどかしさとやるせなさでぐちゃぐちゃになり、時には部屋の中でわめき散らし、物に当たった。家族は咎めなかった。

春休みが終わる頃、首の包帯が取れた。母が包帯を取ってうなじを確認する時、怖くてたまらなかった。

「薄くなってる。ほとんど消えてるよ。アンジェ、お前は番になってない。まっさらなままだよ」

母が言い、彼は涙ぐんで喜んだが、アンジェリンは素直に喜べなかった。

「でも、暴行されかけた事実に変わりはないでしょう。醜聞を起こしたオメガなんて、ヴァツリーク家にとって価値がない」

きっともう、学校中で噂になっている。いや、学校だけではない。貴族中で噂になっているはずだ。

「価値がない？　誰か……アルフレートが何か言ったのか？」

母が急に顔を険しくし、父の名を出したので、アンジェリンはかぶりを振った。誰にも何も言われていない。でもこの推測はきっと、間違いではないだろう。

「ヴァツリークのお祖父様もきっと、がっかりなさってるんじゃないかな」

ふと、ヨハネスの顔が浮かぶ。縁談の話は当然、なくなったのではないか。

「そんなことはないし、もしそうだとしても放っておけ。お前は何も悪くない。一つも落ち度はない。悪いのはお前を陥れた連中だ。もし万が一、ヴァツリークのクソジジイや、その家臣だの取り巻き連中だの、とにかく周りがお前に何か心無いことを言ってきたら、僕に言え。そいつをぶん殴って鼻をへし折るか、玉を蹴り潰してやる」

母が感情的になったら、本当にやりかねない。アンジェリンはちょっと笑ってしまった。母とは理解し合えない時が多いが、彼の激しい気性にたまに救われることがある。

その後も繰り返し母から、お前は何も悪くない、と言われた。

「自分に落ち度があったかも……なんて考える必要もないからな。そんなものはない。そんな考えは捨てろ。奴らがぜんぶ悪い」

あまりに何度も言うので、アンジェリンも自分は悪くないと思うようになった。

そうだ、何も悪いことなんてしていない。時折、でもあの時ああしていれば……と、過去の行いを悔いるような考えが浮かんだが、そうすると母のしかめっ面が出てきてそれを打ち消した。

ベッドから起き上がり、家の食堂で家族と食事ができるようになった頃、あの事件が尾ひれを付けて広まっていることを知った。

家中のみんなが情報を遮断していたから、それまで気づかなかった。

学校や貴族社会だけではない、いつの間にか国中が、アンジェリンの事件を知っていた。

暴行事件の直後、とある新聞が事件を取り上げたのが発端らしい。

ヴァツリーク宰相の末孫、オメガの令息が学院の不良学生たちに暴行され、無理やり番の契約をさせられた。

他の新聞社がすぐさまその情報に飛びつき、妊娠して中絶したとか、以前から不良たちといかがわしい関係にあったとか、あることないこと書き立てたらしい。

ヴァツリーク宰相が怒り、いくつかの新聞社に謝罪と訂正記事を出させ、またある新聞社では記事を書いた記者をクビにさせた。

しかし、そうした行動がかえって、世間の反感を買うことになったようだ。

先代国王の時代から権力を握り続けてきた宰相が、身内の醜聞を隠蔽《いんぺい》するため、本来は公平でなくてはならない報道機関へ圧力をかけた。

権力者の横暴だと、反発する記者たちがヴァツリーク宰相への批判を書き立て、世論を動かした。

祖父は今、非常に危うい立場にいるらしい。宮廷では退陣を要求する声も少なくないとか。

「僕のせいでお祖父様が……とか、益体《やくたい》もないことは考えるなよ。新聞に書かれたくらいで失脚するなら、クソジジイがそこまでの人間だったってことだ」

事実を知って愕然とするアンジェリンに、また母が強い口調で言った。

父も、もちろんそのとおりだと母に同意したが、ヴァツリーク家がこれまでになく逆風にさらされているのは確かだった。

少しして父が、改まった様子でアンジェリンを呼び、ヨハネスとの縁談が流れたことを告げた。

「暴行が未遂に終わって、番の契約を刻まれていないことは、国王ご夫妻もヨハネス殿下もご存知だ。お前を助けたのは殿下だからね」

「僕を助けてくれたのは、殿下の友人たちとトマーシュです」

あの男は、戸口で顔をしかめていただけだ。あの時、目を逸らされたことは忘れない。きつい口調で言い返したが、父は困ったように微笑んだだけで、それについては言及しなかった。

「ともかく、世論が収まるまでは、縁談を進めるわけにはいかないということだ。お前に落ち度はないが、こういうことは慎重にしなければいけないからね」

落ち度はないが、瑕疵《かし》はある。そう言われた気がした。世間はもう、アンジェリンが傷物だと思っている。ヴァツリーク家のオメガとして価値はないと。

貴族たち、親ヴァツリークである国王派の家臣たちも、今の状況でアンジェリンとヨハネスの縁談を喜ぶ者はいないだろう。王室は家臣の声を無視できない。

いや、陛下やヨハネスだって、迂闊《うかつ》な傷物のオメガを家族に迎えたいとは思っていないはずだ。

図書室の入り口にいた、ヨハネスの青ざめた表情が何度も思い出される。

悔しさと怒りが湧いた。アンジェリンが打ちひしがれている時、彼は手を差し伸べるどころか、目を逸らしたのだ。

幻滅だ。ヨハネスなんて嫌いだ。

ルミたちを憎む代わりに、ヨハネスを恨んだ。ルミやカールへ思いを馳《は》せると、悲しみだけが押し寄せる。裏切りに打ちひしがれて動けない。

だからヨハネスを憎んだ。ヨハネスなんか嫌い。そう思うと、少しだけ力が湧く。捨てられたのではなく、こちらが嫌いになったのだ。自身にそう言い聞かせた。

やがて新学期が始まったが、なかなか学校には行けなかった。

転校することもできたけれど、学校を変わっても噂は付いて回る。学校に通わない選択も考えたが、今辞めてもすることがない。どこかへ嫁ごうにも相手がいない。いたとしても、ろくな相手ではないはずだ。

トマーシュとデニスが、二年生の教科書と授業のノートを書き写して、定期的に持ってきてくれた。

アルファのデニスは遠慮して姿を見せなかったが、トマーシュとは何度か顔を合わせた。

「無理にとは言わないけど、また一緒に学校に行けたら嬉しいよ。まあ、どこで何をしてようと、僕らが友達であることには変わりはないけどね。デニスも同じ気持ちだ」

親友たちの辛抱強い気遣いと、家族の支え、それに時間が、アンジェリンの乾いた心に少しずつ水を与えてくれた。

自分は何も悪いことをしていない。なのにどうして、罪人のように引きこもっていなければならないのだろう。わざわざ学校を変える必要だってない。

今までどおりにしていればいいのだ。何も、誰にはばかることもない。

そう考えて、でも実際に行動に移すにはまだ時間がかかった。

二年生の二学期から、アンジェリンは再び学校に通い始めたが、そこにはトマーシュやデニス、教師らの助けがあったからだ。

二年から、アンジェリンはトマーシュと同じクラスになっていた。高等部は通常、三年間クラス替えはないので、異例の措置だ。

異例といえば、校長はあの事件の責任を取る形で学校を辞め、司書教師もいなくなっていた。それを、ヴァッツリークの圧力が働いたのだと言う生徒もいた。実際そうなのだろう。

再び学校に現れたアンジェリンに、冷たい眼差しを向け、心無いことを聞こえよがしに言う者も少なくなかった。

でも同じくらい、アンジェリンに親切にしてくれる人たちもいた。トマーシュとデニス、それに彼らの友人たちが、常に防波堤になってくれた。

ヴァレンティンは二年生になってすぐ、生徒会に入ったらしい。

暴行事件の陰に、ダンへロヴァーがいると噂する者もいたが、真相は闇の中だ。ヴァッツリーク宰相が差し向けた内部調査委員をもってしても、関与を明らかにすることはできなかった。

二年の秋の生徒会選挙で、ヴァレンティンは次年の生徒会長に決まった。

ヴァレンティンはベータだったので、数十年ぶりのベータの生徒会長だということで、一時はもてはやされていた。

アンジェリンは二年の途中まで休学していたから、生徒会に入れなかったたし、今さら入ろうとも思わなかった。

もう何をどう頑張ったところで、自分の評判は覆らない。

時に絶望に打ちひしがれ、悪夢にうなされることもあったが、アンジェリンは表向き、何事もなかったかのように振る舞い続けた。

また、自分の首筋に番の契約がないことを示すため、しばらくはあえてオメガの首輪をせずに登校した。

あんな事件、何ほどのこともない。自分は傷ついてなんかいない。

それを周囲に知らしめるために、友達と他愛もないことで笑い合い、自分を中傷しようとする者には侮蔑と冷笑を与えた。

そういう意味では以前よりも少しばかり、高慢な態度を取るようになったかもしれない。

ヨハネスは、アンジェリンが学校を休んでいる間に卒業した。高校の残りの二年間、アンジェリンは公の場に出ることを避けていたため、ヨハネスと再び顔を合わせて挨拶を交わすのは、大学に入学してからのことになる。

それでもたまに、二年間のうちにほんの数回だけ、大学に隣接した学院の敷地で、彼を見かけたことがあった。

ヨハネスは以前と変わらず、あの穏やかな笑みをたたえて友人といた。楽しそうだった。

アンジェリンがいてもいなくても、彼を取り巻く世界は変わらない。

とうの昔に希望は捨てたはずなのに、ヨハネスの笑顔を見ると絶望の淵《ふち》に追いやられた。

過去のヨハネスとの思い出がよみがえり、憎しみの陰に押し隠していた恋心を引きずり出す。

幻滅したはずなのに、どうして自分がヨハネスに惹かれているのか不思議だ。嫌って恨んで、憎しみさえ向けているのに、ヨハネスの姿を想像すると胸が痛いくらい切なくなる。

自分自身のことなのに、思いどおりにならない感情に戸惑い苛立ったが、それでももう、ヨハネスはアンジェリンにとって関わりのない人物であり、いくら焦がれても手には入らない遠い存在だった。

それは悲しいことだけど、同時に救いにもなった。

絶対に結ばれないと思えば、希望や期待を抱くこともない。嫌われるかもしれないとか、関係の悪化を心配する必要も、もうないのだ。

ヨハネスに心を乱されることはない。もう二度と。

そうやって、アンジェリンは生きてきた。三年かけて少しずつ心の傷を癒やし、それでも治りきらない傷を抱えて、これからも静かに生きていくつもりだった。

それなのにヨハネスは、今になってアンジェリンを妻にしたいなどと言い出した。

穏やかだったアンジェリンの心は、無遠慮に踏み荒らされてかき乱される。

両親は縁談を喜んでいる。傷物だと後ろ指を差され、心も名誉も傷つけられた息子が、王家の妃に認められたのだから、当然かもしれない。

でも、アンジェリンは許せなかった。自分は物じゃない。傷がついたからと放り出され、やっぱり使えそうだからもらってやろうと無造作に拾われるなんて。屈辱だった。

ヨハネスなんて大嫌いだ。

彼のそばに寄り、手を掴まれただけでざわめく自分の心も、今は恨めしかった。


ヨハネスに呼び出され、大学構内の池で話をして、その後は特に何も起こらなかった。

トマーシュに、話し合いには至らなかったと報告したら、彼は呆れていた。アンジェリンに対してではなく、ヨハネスにだ。

「殿下って、話下手なの？　何でそういう方向に持ってくのかねえ。アンジェが怒るのなんて、わかりきってるのに」

「それくらい、僕がチョロいと思ってるんじゃないのか」

実は君が好きだったんだよ、と綺麗な顔で微笑めば、コロッと騙されると思っているのだ。

「殿下って、実はすごく馬鹿なのかな」

トマーシュにしては辛辣に言うから、アンジェリンもちょっと気分がスッとした。

いったいなぜ、ヨハネスがいきなり接近してきたのか、理由はわからずじまいになったが、もう追及する気にはなれない。

しかし、今回はここまではっきり拒絶したのだから、縁談はなかったことになるだろう。

それから翌日も、特に何事もなかった。夜遅く、父と次兄が帰ってきて何やら慌てた様子だったが、彼らはいつも慌ただしいので気に留めていなかった。

さらに翌日、大学から帰宅すると、すでに父が家にいて、話があると言われた。

書斎に行くと父だけでなく、母と次兄がいた。

「アンジェ、お前とヨハネス殿下の相性診断について、覚えているかな」

もったいぶって言うので、また縁談の件かと嘆息する。ヨハネスは諦めたのではないのか。それとも、ヴァツリーク家が諦めきれないのか。

「そりゃあ覚えてますよ。国王ご一家が勝手に診断なさったやつでしょう」

父の隣で母が睨んだが、アンジェリンは澄ましていた。

「それは正しくないな。大学の研究機関が、不特定多数のアルファとオメガの相性診断をして、その結果の一部を国王陛下が提出させたんだ」

父の反対隣にいた次兄が言う。彼は両親に比べて理屈っぽい。でも、感情的になることもあまりなかった。

「どっちでもいいですよ。それで、相性診断がどうかしたんですか」

アンジェリンがイライラしながら言うと、父が口を開きかけるのを制して、兄が言葉を発した。

「結果が外部に漏れたんだ。国王陛下が毎年、ヨハネス殿下についての相性診断の結果を取り寄せていること、今年の学生の中から、相性が良好な者が現れたこと、その相手がお前だってこともすべて。ダンヘロヴァー派に知られたらしい」

ダンヘロヴァー派と聞いて、アンジェリンは軽く身体が緊張するのを感じた。

二年前の暴行事件が、ダンヘロヴァー派の陰謀である可能性は、いまだに払拭《ふっしょく》できていない。

「ヨハネス殿下の縁談に関して、ダンヘロヴァーが動いたとあれば、こちらも慎重にならざるを得ない」

わかるね、というように、次兄はアンジェリンの目を見た。アンジェリンもうなずく。

「万が一に備える、ということですか」

「そのとおり。もちろん、杞憂《きゆう》の可能性だってある。でもこちらも、準備できることはしておきたい。そこでだ。家族で話し合った結果、お前にはしばらく安全な場所に移って、そこから大学に通ってもらおうという話になった。大学構内でも護衛は付くが、目立たないように配慮してくれるはずだ」

大学を休まなくていいのだ。アンジェリンはホッとした。

ただでさえ、オメガには発情期がある。できるだけ欠席は避けたい。

「さっそくだけど、今から荷物をまとめてくれるかな。今日これから向かおう。急な話だけど、敵に準備をさせる時間を作りたくないんだ。教科書と、当面の荷物だけでいい。必要なものがあれば、家の者に届けさせればいいから」

敵、という言葉が出てきて、アンジェリンは不安になった。万が一というが、楽観視できない状況なのかもしれない。

「わかりました。それで、安全な場所というのはどこなんです」

話の行く末を黙って聞いていた両親が、次兄の顔をそっと窺った。兄は特段、表情を変えず、部屋の戸口を意味ありげに視線で示した。

「ここでは口にしないでおく。私も同行するから、その時に教えるよ」

どこから漏れるかわからない、ということだろうか。何だか大事になっているように感じて、いっそう不安になる。使用人たちに手伝ってもらって、大急ぎで荷造りをした。

大学に通える距離だから、ここからそう遠くはないはずだ。兄の言うとおり、勉強に必要なものと普段の着替えをかばんに詰める。

荷造りを終えると、屋敷の前にはすでに馬車が出ていた。次兄は先に馬車に乗り、両親と家令が見送ってくれる。

「身体に気をつけて。何かあったら連絡しなさい」

父が言い、母もアンジェリンを軽く抱擁しながら「気をつけて」と言った。

父はともかく、母の口数がやけに少ない。普段だったら、先方に迷惑をかけないようにとか、忘れ物はないか、羽目を外すなよ、などと小言をうるさく繰り返すのに。

母の複雑そうな顔を見るに、言いたいことはいっぱいあるけど言えない、といった様子だ。

たまに何か言いかけて、父が横から肘《ひじ》で突いたりしている。

母の様子が気がかりではあったが、急な出立で慌ただしく、それに推測するにはあまりにも推理の材料が足りなかった。

馬車には、アンジェリンの世話をよくする従僕も二人、乗り込んでいた。

「何か必要なものがあれば、彼らに言いなさい。家への連絡もだ。それからあとは……小切手も念のため、渡しておこうか。滞在はひと月くらいだから、何か物入りになるかもしれないし。足りなければ連絡して」

馬車が出発すると、兄が急いた口調で並べ立てるので、こちらは「それで、どこに行くんですか」と、尋ねることができなかった。

馬車は大学のある方角へ向かっていた。大学の近くに寮があるから、そこへ行くのかなと考える。警護の面では、自宅のほうがよほどしっかりしているが。

「ひと月も滞在するんですか」

「場合によっては、もっと延びるかもしれない。ともかく、相手の出方がわからないことにはね。まあ、先方はいつまでいてもいいと言ってるから、気にすることはないよ」

「僕のほうが気になるんですが」

そんな会話を交わす間にも、馬車は大学に近づいていた。大学の前を通り過ぎる。

その先にあるのは王宮だ。アンジェリンは嫌な予感を覚えた。

まさか……と、兄を見る。兄は窓の外を見ていた。

「……兄上」

「いやあ、この辺も、私の学生時代と変わっていないなあ」

こちらが低い声で呼びかけると、はぐらかすようにつぶやく。それで、確信した。

「兄上！」

叫んだ時、馬車が王宮の裏門の前で停まった。門はあらかじめ、申し合わせていたようにすぐ開かれる。

再び馬車が動き出し、王宮の奥へ進んでいくのを見て、アンジェリンは座席から立ち上がった。

「僕を騙しましたね。何が敵だ。ダンへロヴァーだ」

兄は笑顔のまま、「落ち着いて」と、なだめる。

「これが落ち着いていられますか」

「その言い方、母上そっくりだなあ」

「………」

次兄は、アンジェリンがどうすれば黙るのかよく知っている。腹が立って、次兄の足を思いきり踏みつけてやった。

「痛っ、痛い。乱暴だな。そういうところもそっくりだ。何も嘘をついてないし、騙してもいない。診断結果を向こうが取り寄せたらしいという情報は、本当だ。このところ、王室とヴァツリーク家が内々で頻繁にやり取りをしていたのに、気づいたんだろう」

兄は真面目な表情を覗かせて言った。

「ダンヘロヴァーの嫡男、ヴァレンティンはベータだった。ベータの当主だっていないわけじゃないが、あちらはここ数年、荒れているようだ。下は女の子、妹だったしね」

ヴァレンティンに妹がいたなんて、知らなかった。表情に出ていたのか、次兄は「生まれてすぐ、養女に出されたらしいよ」と教えてくれた。

ヴァレンティンの両親は、アルファとオメガである。子供は、アルファかオメガが生まれる確率が極めて高い。なのに女の子が生まれた。体裁を気にして養子に出されたに違いない。

そして、成長した長男もベータだった。可能性としてないわけではないが、アルファでもオメガでもない子供が二人も続くと、母親の不貞が疑われてもおかしくない。

ヴァレンティンは大学でも楽しそうに過ごしていて、悩みがあるようには見えないが、家の中は大変なのかもしれない。

「我がヴァッリークはどちらかといえば子だくさんだけど、ダンヘロヴァーは代々、子供が少ない傾向にあるね。そのくせ第二性を偏重してる。先代当主は現役の政治家時代、貴族の家門の当主をアルファに限定するべく、貴族令を変えようとしていた。アルファの妻はオメガであるべき、という人だ」

先代当主は、ヴァレンティンの祖父だ。ヴァレンティンの父に家督を譲って隠居したが、今も式典やパーティーに現れては、現役時代と同じように存在感を示している。

「三年前のあの事件、首謀者が誰かはわかってないけど。私はダンヘロヴァーが関与していると思ってる」

兄が真面目な顔をするので、アンジェリンもにわかに緊張した。そんな弟を見て、兄は表情を和らげる。

「まあ、三年前と今とでは、状況が違うけどね。あの時はまだ、ヴァレンティンの第二性がはっきりしていなかった。だからアンジェリンと殿下との縁談を聞いて、焦ったんじゃないかと私は考えている。今はもう、あちらに手札がないことはわかってるから」

「つまり、やっぱり今回の話は方便だったと」

「いやいや。だから嘘じゃないって。ダンへロヴァーが動いたのだから、慎重になるのは当然だろ。王室がそれを知って、ヨハネス殿下がぜひ我が家にって言い出した。王宮なら大学もすぐ隣で、警備も万全だ。殿下には常時護衛が付いているから、彼と一緒にいればお前も安心だしね」

そんなのは、こちらも護衛を付ければいい話だ。言い返したかったが、馬車はすでに王宮に入ってしまっている。

先日訪れた白亜の館が見えたが、馬車はその前を素通りした。さらに常緑樹の森を一つ越え、今度は赤レンガの屋敷が見える。馬車は道を逸れ、その赤レンガの屋敷へと向かった。

田舎屋敷のような趣の、やや古めかしい建物だった。規模としては、先ほどの白亜の館と同じくらいだ。

馬車が停まると、屋敷の玄関先にヨハネスが現れた。馬車を降りた次兄と、和やかに挨拶などしている。

「やあ、我が家にようこそ、アンジェリン。今日からよろしく」

今日より以前に起こった出来事など、何もかも忘れたふうな顔をして、ヨハネスは今日もにこやかに微笑んでいた。

赤レンガのこの屋敷は、以前はある王族の一家が住んでいたのだそうだ。その一族も絶えて住む人がいなかったが、ヨハネスが大学に入った後に改修し、彼の住居となった。

将来、妃を迎えて家族で暮らすことを想定してのことだ。

そんな屋敷に、アンジェリンを迎えた。ダンへロヴァーうんぬんは、やはり口実だとしか思えない。

「食事はまだなんだろ？　荷物を部屋に置いたら、一緒に夕食を食べない？　こうなった言い訳もしたいし」

ヨハネスが言う。一昨日、アンジェリンが振ったことなど、すっかり忘れているかのようだ。

屋敷に着くと、次兄はヨハネスに挨拶をしてすぐ帰ってしまい、従僕二人とアンジェリンが取り残された。

ヨハネスは自ら先頭に立ち、アンジェリンたちを中に案内した。アンジェリンが怒りの形相で睨みつけても、どこ吹く風だ。彼の心臓はどうなっているのだろう。

自分を罠にはめた家族も許せない。アンジェリンが抵抗するから、あの手この手で外堀を埋め、既成事実を作るつもりなのかもしれない。

このまま逃げ出そうかと考えた。荷物も従僕たちも放り出し、王宮から逃げ出す。ここからなら、トマーシュの家よりデニスの家のほうが近い。

頭の中でそんな算段をしていたら、二階の廊下の端に着いた。

「ここが君の部屋だ。将来のお妃の部屋として改装されたから、広さも調度もそう悪くはないと思うんだけど。君の趣味に合わないようなら、入れ替えよう」

どうぞ、と家主が自ら扉を開けて促す。今すぐ回れ右をしたい気分だが、貴重品を入れた小さな手提げかばんは、馬車を降りてすぐ「俺が持つよ」と、ヨハネスに奪われていた。

アンジェリンは仕方なく、一度ヨハネスを睨みつけ、仏頂面で部屋に入る。

中はヨハネスの言うとおり、じゅうぶんな広さだった。

暖炉の前に座り心地のよさそうな椅子が据えられ、奥の窓辺に大きな書斎机がある。空っぽの書架が壁の一部を埋め、さらに部屋の中央にはゆっくりお茶が飲めそうな丸テーブルが置かれていた。

書斎兼、居間といったところだろうか。間続きの寝室があり、そちらも居心地がよさそうだった。

カーテンも絨毯《じゅうたん》もベッドの上掛けに至るまで、アンジェリンの好みだ。

急ごしらえでここまではできないから、きっとたまたま好みが合ったのだろう。

「未来のお妃様の部屋など、恐れ多いです。客間でよかったのに」

「そう思うなら、ずっとここに住んでくれていいんだよ」

「できれば、今すぐにでもお暇したいです」

「さっきから、今にも逃げ出しそうな顔をしてるね。逃げるのはすぐ逃げられるから、腹ごしらえをして、俺の言い訳を聞いてからでもいいんじゃない？」

アンジェリンがいくら冷ややかな態度を取っても、ヨハネスはまったくめげた様子がない。こちらもいい加減、疲れてきた。

アンジェリンの従僕と、この屋敷の使用人たちが荷物を運び込むと、一休みする間もなく一階の食堂へ移動になった。

屋敷の規模と同じく、食堂もつつましい広さだった。中央の楕円形のテーブルは、家族が五、六人もいればいっぱいになる。

とはいえ、今はヨハネスとアンジェリンだけなので、がらんとしていた。

「実を言えば、今までここで食事を摂ることはあまりなかったんだ。俺一人だったからね。毎日、自分の部屋で軽食を食べるか、両親の屋敷に行くかだった」

アンジェリンが黙り込んだままなので、ヨハネスが一人でしゃべる。食堂には給仕が一人付いて、アンジェリンたちが席に着くとすぐ、料理が運ばれてきた。

気どった料理ではない。それどころか、庶民的な料理ともいえた。でも、アンジェリンの好みに合っている。ごてごてギトギトした宮廷料理のたぐいは苦手だ。

じゃがいものパンケーキとクリームソースをかけた牛肉が一緒になった一皿。アンジェリンの好きなクランベリージャムが添えてある。

ふわふわの蒸しパンに、卵を落としたキノコスープもあった。赤ワインはやや渋めで、これもアンジェリンの好きな味だった。

「事前に、君の好みは情報収集しておいたんだ。君の口に合うといいんだけど」

夕食は偶然ではなく、アンジェリンの嗜好《しこう》に合わせたらしい。まだ腹は立っていたが、料理と料理人に罪はない。

「美味しいです。ぜんぶ僕の好みの味で。こんな不愉快な気分で食べるのが、申し訳ないくらいだ」

嫌味を言ったが、ヨハネスは応えない。「それはよかった」と、喜んでみせる。

アンジェリンはせめて早く夕食の時間を終えようと、せっせと料理を口に運んだ。

「それで、僕はいつまでこの茶番に付き合えばいいんでしょう。家にはいつ帰れるんです？」

料理を食べ終え、デザートに蜂蜜とレモンたっぷりの氷菓子を素早くかき込みながら、アンジェリンは尋ねる。冷たいものをいっぺんにたくさん口に入れたから、頭がキーンと痛んだ。

「君のご家族から説明があったと思うけど。ダンヘロヴァー派の出方を見ないと、何とも言えないな」

「あれは、茶番の口実でしょう。殿下、いい加減に本当のことを教えてください。どうして僕がこの場に必要なんです。薄ら笑いで誤魔化さないできちんと説明してくださったら、場合によっては協力するかもしれません。しないかもしれませんが」

イライラしながら訴えると、ヨハネスは氷菓子を食べる手を止め、困惑した表情で肩をすくめた。

「何も嘘は言ってないけど」

「建前ではなく、腹を割って話しましょうと言ってるんです。わざわざ政敵がどうこうなどと言って、騙し討ちみたいに僕をここまで連れてきて、何をしようっていうんです。僕が好き？　前から妃にしようと思っていた？　いい加減にしてくれ。子供だってそんな嘘、信じませんよ。あなたがいつどうやって僕を好きになるっていうんです」

ヨハネスは笑いを消し、深いため息をついた。

「……君が、俺の言葉を何一つ信じていないってことは、今ので理解したよ」

「あくまで嘘は言っていないと？」

「君に嘘を言ったことはない。一昨日、君に池で振られた後、君の友人のトマーシュが来てね。怒られたよ。話し合いが下手すぎるって」

トマーシュに事の次第を報告した時、彼は呆れていたが、わざわざヨハネスに会いに行って進言までしてくれたらしい。

「どうして君が怒り出したのか、一昨日はよくわからなかったけど。さっきの君の言葉で理解した。俺の気持ちはちっとも伝わってなかったんだ」

「殿下の気持ち、ですか」

また好きだとか言い出すのか。うんざりした顔をして見せると、ヨハネスは疲れた顔で力なく笑った。

「繰り返すけど、何も嘘は言ってない。ダンヘロヴァー家に動きがあったのも事実だ。先日、君にあっさり振られてトマーシュに叱《しか》られて、どうにかして君と個人的に会えないかと機会を窺っていた。そんな時にダンヘロヴァー家の話を聞いて、君を俺の屋敷に匿《かくま》いたいと願い出たんだ。この屋敷にいる間に君を口説けて、身の安全も守れる。一石二鳥だと思ってね。正直に言えば拒まれるのはわかっていたから、騙し討ちになった。それは申し訳ない。でも俺も必死なんだよ」

あくまで、嘘はついていないというのだ。

ヨハネスは微笑みをたたえながらも真剣で、そんな王子の表情を見つめ、アンジェリンは考える。

このまま帰ったら、アンジェリンはヨハネスに対してモヤモヤした気持ちを抱え続けなければならない。

なぜ好きだと言い出したのか、何を考えているのか、あれこれ想像して心を乱される。

トマーシュも、二人でよく話し合えと言っていた。たとえお互いをよく知った結果、やっぱりヨハネスが許せなくても、自分は一度はぶつかるべきなのだ。

「頼むよ、アンジェリン。もう一度やり直させてくれないか。君と理解を深める機会がほしい。すぐに俺の気持ちを信じなくてもいい。ただせめて、友人と呼べるくらい君と仲良くなりたい」

ダメ押しのようにヨハネスがかき口説き、アンジェリンも気持ちを固めた。

「わかりました。しばらくの間、こちらにご厄介になります」

言うと、ヨハネスはあからさまに安堵《あんど》の表情を見せた。

「よかった」

破願して、胸を撫《な》でおろす仕草をする。人懐っこい笑顔は、アンジェリンがうっかりほだされそうになるくらい、威力があった。

「これからしばらく、よろしく」

さっぱりとした笑顔に戻り、ヨハネスが言う。彼のこういう、切り返しの早いところが胡散臭く感じるのだけど、今は言わないでおいた。

いつまでかはわからないが、ともかく今日からしばらくは、ヨハネスと同居生活を送るのだ。

「よろしくお願いします」

アンジェリンはにわかに緊張し、ぎこちなく返すのだった。


その日はヨハネスと夕食を一緒にしただけで、お開きになった。

「急なことで慌ただしかっただろう。明日も大学だし、今日はゆっくり休んで」

それでアンジェリンは、自分の部屋に返された。

ヴァッツリーク家から従僕を連れてきているが、彼らがいなくても大丈夫なくらい、この屋敷ではアンジェリンが暮らす準備がすっかり整えられていた。

ヨハネスの部屋は、廊下を挟んで向かいにあるという。

「何かあったら、遠慮なく声をかけて」

と言われた。ヨハネスがすぐ近くにいるかと思うと、それだけで落ち着かない気分だ。

そわそわした気持ちは、部屋に付いている浴室で湯あみをしても変わらず、その夜は目がさえてなかなか寝つけなかった。

翌朝は、一緒に朝食を食べて二人で大学に登校した。

それぞれ選択している授業が違うので、毎日同じ時間に登下校できるとは限らないが、できるだけ一緒にいようとヨハネスから言われた。アンジェリンもそれについて、否やはなかった。

「二人で固まっていたほうが、警護の人員も少なくて済みますからね」

「いや、二人の時間を長く持ちたいってことなんだけどね」

ヨハネスには苦笑された。初っ端から二人の意識に齟齬を感じたが、とにかく二人で大学に向かった。

普段は目立たないし気づきにくくしてあるが、ヨハネスは屋敷を一歩出たその時から、どこに行くにも常に護衛が付いている。

屋敷からは一度、馬車に乗った。敷地が隣接しているとはいえ距離があるからだ。大学の構内に着くまでに、人気のない森や池のほとりを通らねばならず、徒歩では時間もかかる。

それに、王宮内とはいえ襲われる危険もあった。

「初等部の頃、徒歩で通っていて誘拐されそうになったんだよ。初等部は大学より近いし、健康のためにも歩いていくほうがよかったんだけどね」

そんなことがあったなんて、アンジェリンは初耳だった。大学に向かう馬車の中で、世間話の一環としてあっけらかんと告げられ、びっくりした。

「王子を誘拐するなんて。誰が何のためにそんなことを。犯人は捕まったんですか」

「実行犯はすぐ捕まったよ。でも、首謀者はわからずじまいだったな。犯人と対峙《たいじ》したのはそれが最初で最後だけど、未遂に終わった襲撃事件なんかはいくつかあるんだ。俺だけじゃない、父や母も実際に襲われたことがある。もちろん、王宮の中だけじゃないけど」

いずれも大事に至らなかったのと、その時々の政治的な配慮によって、公にはならなかったのだそうだ。

「この国は平和だし政治も今は比較的穏やかだけど、いろんな考えや思想を持った人たちがいるからね。王族や貴族、在野の思想家まで、両親や俺を害したい人間は大勢いる。でもそれは、君の家も大して変わりはないだろう」

「それは、まあ。そうですけど」

宰相の祖父だけでなく、祖父の後継者で政治家である父も、外出の際は常に警護を従えている。

アンジェリンもヴァッツリーク家の子息ということで、幼い頃から自由に外出することはなかった。でも、ヨハネスほどではなかったと思う。

アンジェリンは王族ではなく貴族だし、末っ子で跡継ぎではない。でもヨハネスは王子だ。それも国王の一人息子、王位継承順位の第一位にある。

改めて、その重みを感じた。

「朝からこんな話をして、怖がらせたかな」

ヨハネスは心配そうに言い、微笑みを消してアンジェリンの表情を窺う。

「屋敷はもちろん、外出先での警護も完璧だ。ただ、王族になれば当然、今までの立場ではなかった危難を考えなきゃならない。そのことはあらかじめ告げておかないと、公平じゃない気がしたんだ」

ヨハネスは昨日、嘘やごまかしはしない、と宣言した。今ここで過去の誘拐事件の話題を出したのは、そのことを踏まえてだろう。

「王族の方々が、貴族の我々より窮屈な思いをされているというのは、以前から耳にしておりました。貴族にはないご苦労があるのだとも拝察していましたが、他人事でした。大変な思いをされたのですね。殿下のほうこそ、怖かったでしょう」

知らないうちに誰かに悪意を持たれ、攻撃されるのは、王族や有力貴族の家に生まれた宿命とはいえ、恐ろしい。

その恐ろしさを、アンジェリンは身をもって知っていた。それで、不幸なのは自分だけのように思っていたのも確かだ。

でも、アンジェリンの知らないところで、ヨハネスも恐ろしい目に遭っていた。幼いヨハネスにとって、どれほど恐ろしかっただろう。

他人事とは思えず、そんな言葉が出たのだが、ヨハネスにとっては意外だったようだ。

軽く目を見開き、しばらくパチパチと瞬きをしていた。

「……うん。母も泣いてたな。そう……怖かったんだっけ」

忘れていた、とヨハネスはつぶやく。それから車窓へ目をやった。

「君と、もっと早くこういう話をしていればよかったな」

独り言のようなその声は、どこか戸惑っているように聞こえた。

今後しばらく、王宮のヨハネスの屋敷で暮らすことになったと言ったら、トマーシュもデニスも驚いていた。

「いつの間に、関係が進展しちゃったの」

驚き半分、もう半分は呆れたようにトマーシュが言う。

「進展したわけじゃないんだ。主たる目的は警護のため。アンジェリンに大学を休ませたくなかったし、安全を確保したかったから」

アンジェリンの友人たちに説明をしたのは、ヨハネスである。

朝から授業を受けて、昼休みは昼食を持ってきたからと、ヨハネスからまた、池のほとりに誘われた。

別の授業を受けていたトマーシュとデニスが、アンジェリンを食堂に誘いに来て、ヨハネスが「君たちも一緒にどうかな」と、二人も一緒に誘ったのだ。

その時、ヨハネスの隣には彼の友人のマレクもいて、五人での昼食となった。

サシャもアンジェリンと同じ授業を受けていたので、本当は彼も誘いたかった。いきなり王族や貴族と昼食なんて気詰まりかもしれないが、彼ともっと仲良くなりたかったのだ。

しかし、ヨハネスが教室まで迎えに来て、話をしている間に、サシャの姿は消えていた。

「アンジェはそれでいいの？　いきなり殿下と同居なんて。困ってない？」

ヨハネスが配ったひき肉とじゃがいものパイを食べながら、デニスが気がかりそうにアンジェリンに尋ねた。

人と対立することを嫌うデニスにしては、王子の前で珍しく大胆な言動だ。彼にも心配をかけているなと、アンジェリンは申し訳なく思った。

「両親のやり口には毎度、閉口するけど。今のところは納得してる」

「アンジェリンの身の安全のため、っていうのは本当なんだ。君たちもどうか、協力してほしい」

ヨハネスが誰にともなく言い、トマーシュとマレクは黙ってうなずく。しかしデニスは、「言われなくても守りますけど」と、むっつりした顔で言い返した。何だかヨハネスに対して、やけに反抗的だ。ヨハネスは苦笑しながら、「サンドイッチもどうぞ」と、バスケットの中身を勧めた。

「明日は僕が、昼食を持参します」

むすっとしたまま、デニスが言った。それから、アンジェリンを含む周りの面々が怪訝な顔をしているのに気づき、驚いたように目を見開く。

「これから毎日、こうやってみんなで昼食を食べるんじゃないんですか？」

アンジェリンは戸惑って、ヨハネスの顔を見た。今日はたまたまだと思っていた。ヨハネスが現況を報告するついでに、昼食を振る舞ったのだと。

「特に考えてなかったけど、それはいい案だね」

ヨハネスが言い、アンジェリンも積極的にうなずいた。

「じゃあ、昼食は持ち回りってことで。明日はデニスね。次は僕」

トマーシュが言うと、マレクも「いいね」と賛同した。

「ヨハネスだって、こんな機会でもなけりゃ、みんなでワイワイ昼食……なんて、学生らしいことできないもんな」

アンジェリンはマレクの言葉を聞いて不思議に思った。ヨハネスの周りにはいつも友達がいて、それこそ学生らしく、ワイワイ楽しそうだった。

大学で食事をしているところは見たためしがないけれど、こうやって池のほとりで食べるのだって、ヨハネスにとっては珍しいことではないだろう。そう思っていた。

アンジェリンの視線に気づき、マレクがちょっと笑う。

「意外そうな顔をしてるな。殿下はこう見えて多忙でね。昼休みだって、大急ぎで持参したものを食べるか、昼抜きだ。空いた時間に課題をこなしてる。大学にいる以外は、公務に忙しいからな。友達とおしゃべりしたり、カフェでお茶を飲んだりする時間はないんだよ」

「たまにはあるよ」

ヨハネスが言ったが、マレクはすぐさま「この二年半で数回だけ」と答えた。

「構内を歩けばいろんな人間が、王子と友達になろうって寄ってくる。ちょっと挨拶をしただけで、自分はヨハネス王子と親友だ、なんて吹聴する奴もいるしな。王室のパーティーに呼んでくれとか、家に招いてくれなんていう奴もいたぜ。オメガの自称婚約者や自称恋人も大勢いるし」

「マレク」

ヨハネスが顔をしかめて遮る。マレクは「事実だろ」と、平然と返した。

「交流して相互理解を深めたいっていうなら、ちゃんとお前の現状も伝えないと意味ないぞ。それとも、こうやってみんなで昼食を食べるのは嫌か」

「嫌じゃないよ。みんなでにぎやかに食べるのは、楽しいし嬉しい」

ヨハネスは諦めたのか、素直に答えた。アンジェリンはパイを食べながら、そんな王子の表情を眺める。

友人に顔をしかめるヨハネスも、言いくるめられてうなずくところも、初めて見た。

それに、いつも周りに人がいる彼を羨ましく思っていたけれど、実情を聞くと喜ばしいことばかりではないようだ。

公務で忙しいなんて話も、初めて聞いた。今まで自分は、ヨハネスのことを何も知らなかったのだ。

もっと前に知っておけばよかった。ポツリとそんなことを考え、そういえば今朝、ヨハネスも同じようなことを言っていたと思い出した。


自分とヨハネスは、お互いのことを何も知らない。毎日どんなふうに過ごしているかも。

「本当に、僕なんかに構っていいて大丈夫なんですか。心配しなくても、屋敷でじっとしてますよ」

その日、夕食の席でアンジェリンは、遠慮がちに言ってみた。

大学でめいめいの授業を受ける以外、帰宅してからもヨハネスは、ほとんどずっとアンジェリンに付き添っていたからだ。

気詰まりというのもあるが、昼にマレクから話を聞いて、ヨハネスがこちらの想像以上に、日々多忙な生活を送っていると知った。

大学の授業が終わると、いつもなら父である国王の執務を手伝うのだという。

ヨハネスが王位を継ぐのはまだまだ先のことだが、国王の仕事は多岐にわたる。今のうちから、父に付いて学んでおこうということらしい。

他にも、パーティーやら式典やら、国王の子女が代々受け継ぐことになっている公務だとか、彼が果たさなければならない義務は、侯爵家に生まれたアンジェリンの比ではない。

勉強をしている暇がほとんどないから、大学の休み時間もゆっくりできないそうだった。

そんな話を聞いたのに、今日はずっとアンジェリンと一緒にいる。

仕事があるんじゃないですかと尋ねたところ、休みを取ったと答えが返ってきた。

「アンジェリンとの関係を深めるのが、今の俺の最優先課題だ。父の手伝いは休みにさせてもらったし、欠席できる行事は欠席する。それでも何度か、君を置いて留守にするかもしれないけど」

それ以外はできるだけ、アンジェリンと一緒にいるというのだ。

「殿下はどうか、普段どおりに動いてください。僕はだいたい、大学から帰ったら家で勉強するだけですし」

自分のために無理をさせるのは忍びない。そう思って言ったのに、逆に聞き返された。

「どこかへ遊びに行ったりはしないの？」

「ほとんどありません。子供の頃は、トマーシュやデニスの家に遊びに行ったり、彼らが遊びに来たりすることもありましたけど。今は彼らもそれぞれ、やることがありますし。どうしても避けられないパーティーや式典以外は、休みの日もだいたい家で勉強してます」

他にすることもない。正直に答えてから、趣味も何もない、根暗な奴だと思われただろうかと心配になった。

「あ、でも、母とか従兄弟たちと芝居に行くことはあります。……年に一度か二度ですけど」

言ってから、やっぱり後悔した。大学生なのに、遊ぶ相手が母親か親戚しかいないなんて。

でも、仕方がない部分もあるのだ。アンジェリンはオメガで、発情期には出歩けない。予定を立てても、発情期がいつもの周期からずれたりすることがある。そうなると、友達との約束も反故《ほご》にしなくてはならない。

その点、母も従兄弟たちも同じオメガなので、気が楽だった。

「殿下こそ、どこかに気晴らしに出かけたりしないのですか。お友達と出かけたり」

「ほとんどないな」

答えはすぐに返ってきた。考えるまでもない、というくらいに。

「高等部まではそれこそ、君と同じように幼馴染みたちと家を行き来することもあったけど。今はみんな、大学の授業や卒業後の準備に忙しいからね。専攻が違うと、顔を合わせる機会も減るし。マレクは俺の側近候補だから、比較的近くにいるけど、彼は彼で忙しいんだ」

「高等部の時はお忍びで、良からぬ集まりに参加してると言ってたではないですか」

思い出して話題にすると、ヨハネスはバツが悪そうに笑った。

「そういえば、君とそんな話をしたんだっけ。そのうち集まりに連れていってやるとか、偉そうに言ってたよね」

別に、偉そうだとは思わなかった。どうせ社交辞令だろうと思いながら、それでもちょっと期待していた。約束が果たされることはなかったが、それはヨハネスのせいではない。

あの事件がなければ、ひょっとしたら連れていってもらえただろうか。

「学生時代のお遊びってやつだね。大人に交じって夜通し遊んだり、酒や煙草を嗜《たしな》んだりして、自分も大人になったような気がしてた。母は心配してたけど、父は自分も若い頃に覚えがあったからって、お目こぼしをもらってたな。何でも経験だって、周りの大人たちにも言われたし。でも別に、そういう経験をしたからといって、大人になるわけじゃないんだよね。……つまり、何が言いたいかっていうと、大した経験じゃなかったってこと。自分も不良の仲間入りをして、遊び人になったような気がしてたけど、今振り返ると、お坊ちゃんがイキッてただけだったなって」

やけに自分を卑下《ひげ》する言い方だなと思った。アンジェリンが怪訝な顔をすると、ヨハネスは話を元に戻した。

「とにかく、今は遊んでない。大学の勉強と父の手伝い、王子としての公務で手いっぱいだ。だからこうして、ゆっくり食事ができるのは嬉しい。アンジェリンも、ここにいる間はちょっとのんびりしてみるのはどうかな。勉強が忙しい？」

「いえ、それほどでも。やることがないから、勉強をしているだけなので」

勉強する時間が長いので、実を言えば大学の授業でやる範囲はとっくに終わっていた。

今は専攻していない分野の本を読んだり、外国語の論文を翻訳したり、自習が多い。休んだところで支障はなかった。

「じゃあ、ここにいる間は羽を伸ばそう。現状を考えると安易に外出はできないけど、この屋敷の周りなら、安心して遊べる。どう？」

何をして遊ぶのかわからないが、アンジェリンはとりあえずうなずいた。ヨハネスはそれを見て、「よかった」と、嬉しそうな笑みを浮かべる。

　そこでまた、話題が変わった。

「アンジェリン、お酒は飲める？」

「少しなら」

　高等部を卒業して飲酒も可能な年になったが、日常的に酒を飲むことはなく、家族のお祝い事やパーティーなどで飲む程度だ。

「じゃあこの後、二人でパーティーをしようよ」

　嬉しそうに突飛な提案をされて、面食らった。

「パーティー？」

「ナイトガウン・パーティー。全寮制の学校や大学の寮では、夜に友達同士で部屋に集まって、おしゃべりやカードゲームをしたりするらしい。それを二人でやるんだ」

　それは、楽しいのだろうか。疑問だったが、ヨハネスが嬉々としているので、疑問を差し挟む機会を失った。おずおずうなずく。

「決まりだ」

　子供みたいな笑顔で、ヨハネスは言った。


　夕食を終え、自室で湯あみをした後、向かいにあるヨハネスの部屋を訪ねた。

ナイトガウン・パーティーと銘打たれていたので、失礼かと思いながらも寝間着のままだ。

ドキドキしながら部屋のドアが開くのを待っていたら、出迎えたヨハネスも寝間着姿だった。

「やあ、ようこそ」

気どった素振りで挨拶をするので、アンジェリンも「このたびはお招きにあずかりまして」と、恭しく膝を折って挨拶を返す。二人ではたと顔を見合わせ、同時に吹き出した。

初めてヨハネスの部屋に入るので、少なからず緊張していたのだが、それが少し和らいだ。

ヨハネスの部屋は、アンジェリンのものとそう変わりはなかった。暖炉の前に安楽椅子はなく、窓辺には書斎机の代わりに、ソファとテーブルが置かれているくらいだ。

書斎は別にあって、そこで勉強や執務を行うのだそうだ。

「好きなところにどうぞ」

ソファテーブルには、すでに酒などの飲み物と、菓子やサンドイッチなど、手軽につまめるものが並んでいた。

アンジェリンは、ソファの端に遠慮がちに座った。家族ではない人の私室に入るのは久しぶりだ。それも夜に、ヨハネスと二人きりだ。どう振る舞えばいいのかわからなかった。

「そんなに端に座ったら、お菓子が取りづらいんじゃない？」

ヨハネスは、アンジェリンがソファの端の肘掛けにへばりつくようにしているのを見て、クスッと笑ったが、座る場所を正すことはしなかった。アンジェリンと少し距離を開けて座り、赤ワインを二人分のグラスに注いだ。

赤ワインは、蜂蜜とリンゴ、それにシナモンで味付けがしてあった。ほんのり甘くて、飲みやすい。

でも、何を話せばいいのかわからない。気の利いた話題も見つからなかった。

そんな中、ヨハネスがグラスを傾けながら、自然に会話を始めた。

初めてお酒を飲んだのはいつだった？　という質問に始まって、毎年の憂鬱な公式行事のこと、他にも親戚の集まりがあるたびに面倒で嫌になること、さらにそこから、共通の親戚で、高圧的なことで有名な老公爵の話題に繋がり、互いの親戚や家族の話にまで広がった。

王族と貴族という身分差はあれど、ヴァツリーク家とサフィール王家は遠い親戚で、生活様式や習慣にも共通点がたくさんある。

当たり前のことだけれど、こうして会話をしていて、改めて気づかされた。

そのことをアンジェリンが言葉にすると、ヨハネスは同意するように大きくうなずく。

「俺は、自分の妻は似た家庭環境の人間がいいと思っていた。両親は俺の意思に任せるって言っていたけど、例えば生まれた時から平民の暮らしをしていた人物が、年頃になっていきなり王族として振る舞うのは、とても大変だと思うんだよ。その人物は、強い抑圧を受けることになるだろう。その点、ヴァツリークやダンヘロヴァーといった高位貴族の子息なら、宮中の礼儀作法も子供の頃から教え込まれている」

それはアンジェリンにとっても、納得できる理論だった。

燃え上がる恋心はアンジェリンにも覚えがある。愛する人と結ばれれば幸せだろう。でも結婚となると、感情だけでは成り立たない。

愛情ではなく条件でアンジェリンを選んだのだと言われれば、むしろ納得がいった。

「だから、僕を妃に望まれたのですね」

「きっかけの一つだったという話。家柄だけでいいなら、こんなに君を追いかけないよ」

ヨハネスはあくまで、愛情があると言いたいわけだ。アンジェリンは黙って酒を飲んだ。

自分を好きだというヨハネスの言葉を、どうしても受け入れられない。三年前に起こった事件、あの時に見せた拒絶に説明がつかないからだ。

それとも、ヨハネスのことをもっと深く知れば、アンジェリンが裏切りだと思った彼の態度にも説明がつくのだろうか。

「君も、子供の頃に言われただろう？　お前は将来、ヨハネス王子のお妃になるんだよって」

自分のグラスを見つめて、ヨハネスは言った。

「ええ。周りの大人たちがあまりにも当たり前のように言うから、物のわかる年になるまで、僕も当然のようにあなたのお妃になるのだと思ってました」

ヨハネスはうなずき、ちょっと意地の悪い笑みを浮かべた。アンジェリンが好きになった、あの表情だ。

「俺も言われてた。もっとも俺には、他にも候補がいたけど。父はヴァツリーク寄りだし、君の祖父君が推してたから、政治的には君が第一候補だったんだろうね。幼い君を見て、この子が将来、自分のお妃になるのかって思った。……生意気そうだなって」

最後にぽろっと当時の本音を吐露《とろ》されて、アンジェリンはぐっと何かが胸につかえたようになった。

「そんなに昔から、僕が嫌いだったんですね」

軽く睨むと、ヨハネスは目を細めて笑った。爽やかな碧い瞳が、無表情の時より酷薄そうに見える。

「いや、嫌ってはいないよ。その時は、特に何とも思わなかった。周りがうるさいな、としか。初等部の時は、ちょっと可愛いなと思ったかな。でも弟に対するような感情だった」

ヨハネスはそこで言葉を切り、ワインを自分のグラスに注ぎ足した。アンジェリンにも促すので、固辞する。飲みやすいので、油断すると飲みすぎてしまいそうなのだ。

ワインを一口飲んで、ヨハネスは言葉を続けた。

「子供の頃は、今よりもっと嫌なことがあった。成長した今は、昔よりずっと生きやすいけど、当時は日々が憂鬱で満ち溢れていた。まだ学校に上がる前から、何歳も上の子供がやる勉強をやらされて、たくさんの礼儀作法や稽古事をさせられた。国王の唯一の子供だから、仕方がないんだけど。あなたはアルファのお手本にならなくては、と家庭教師から言われたのが忘れられない」

アンジェリンはその言葉にハッとする。国王のたった一人の息子として、ヨハネスが幼い頃から様々な重圧にさらされていたことは、想像に難くない。

けれど他人のそうした想像より、ヨハネスが置かれていた状況はもっと過酷だったのではないだろうか。

幼い頃から、アルファ性を当然のように押し付けられていたのもその一つだ。アンジェリンもまた、オメガであることを期待されていたが、アルファだったとしても何の問題もなかった。

次兄と同様、父や長兄の手伝いをして、ある程度になったらそのうちのいくつかの事業を分けてもらう。それだけだ。

でもヨハネスは違う。彼には逃げ場がなかったはずだ。彼は次期国王として、アルファでなくてはいけなかった。

国王と王妃は当然、彼がオメガやベータである可能性も考えていただろうが、それ以外の大人たち

は、みんな無責任にヨハネスに期待したはずだ。お前はアルファだと。

自分ではどうにもならない運命を人から期待され、さらに手本となるべきだと強要される。

幼い頃、アンジェリンは王宮に行ってヨハネスの姿を見るたび、周りから将来の伴侶だと言い聞かされた。

アンジェリンにとってそれは、照れ臭くも喜ばしい言葉で、決して憂鬱ではなかった。ヨハネスの妻になれるのだから、将来はアルファよりオメガがいいな、と思ったものだ。アルファという将来も悪くはないけれど。

「僕はオメガであることを期待されていたけれど、アルファやベータだったら、という選択肢も残されていました。当然ですよね。性別は生まれつきのもので、どうにもならないんだから。でも、あなたの場合は、アルファでなくてはならなかった」

アンジェリンが言うと、ヨハネスは小さくうなずいた。

「子供の頃、大人になるのが怖かった。もしアルファじゃなかったら？　オメガや、ましてベータだったらどうなるんだろうって。怖くてたまらなくて、稽古事や勉強を必死に頑張った。いい子にしていれば、アルファじゃなくても許してもらえるかもしれないから」

ヨハネスの言葉が、アンジェリンの胸に刺さった。同時に、国王夫妻があれほど執拗《しつよう》に、「結婚は本人の意思に任せる」と繰り返していたのも、ヨハネスを守るためだったのだと気づく。

政略的に相手を決めてしまえば、ヨハネスの逃げ場を奪うことになる。親である自分たちだけは、息子にアルファ性を強要すまいと考えたのではないか。

「だから中等部の時、僕に腹が立って、あんな嫌味を言ったんでしょうか。将来あなたは王で、僕は王妃になるはずなのに、僕は普通の子供と同じようにのほほんとしてた。重圧なんて大して感じないで、将来はお妃になれるかも、なんて浮かれてたから」

ヨハネスは微笑む。それが答えだった。

「君は頭がいい。それに性格が真っすぐだ。態度はひねくれてるけど」

「あなたは態度は紳士だけど、性格はねじ曲がってるんですね」

言い返したら、クスクス笑われた。

「君の言うとおりだ。初等部の後半から中等部の頃までが、一番ひねくれてたな。両親いわく、隠れ反抗期なんだと。言ってしまえば思春期だったんだけど。とにかく自分の境遇や環境が嫌いで、周りが憎くてたまらなかった。でもそれにしても、君に対する態度はひどい八つ当たりだった」

王子であること、まだ判定のつかない第二性がアルファであることを期待され、さらに将来の君主として、常に優秀であることを求められた。

鬱屈した気持ちを抱えていた頃、アンジェリンが初等部の頃と何ら変わらぬ幼稚なまま、普通の子供のように学校生活を送っていた。

苛立ってそれを相手にぶつけても、仕方がないことだ。ヨハネスはアンジェリンとたった二つしか違わず、彼もまだ子供だったのだから。

「別に、大して傷つきはしませんでしたよ。むしろあの時、殿下に強く言われてよかった。そうでなかったら、僕は末っ子で甘やかされたまま、気位ばかり高くて努力をしない人間に育っていました。自分の幼児性に気づけてよかったです」

それにあの時、恋を知った。それは結果として苦しいものになったけれど、ヨハネスのことを、好きにならなければよかったとは思わない。

「君はあの後、変わった。俺は高等部に上がったけど、君の噂は耳に入ったよ。一年の時とはまるで違う。勉強も苦手な社交も頑張ってるって。生徒会長になって、立派に仕事をこなしてた」

「あなたの言葉のおかげです」

「俺はそれが気に入らなかった。あの時、君の子供っぽさをあげつらっていい気になってた。君がそれで泣いて、落ち込めばすっきりすると思ってたんだ。でも実際には、自分の子供っぽさを突き付けられただけだった。俺に八つ当たりされた君は、自分の才能を磨き上げてどんどん優秀になっていくのに。悔しくてたまらなかった。君に負けたと思ったよ」

「そんなことを考えてたんですか」

これにはさすがに驚いた。アンジェリンが大きく目を瞠ると、ヨハネスは「そうだよ」と、皮肉っぽく唇の端を歪めた。

「言っただろ。俺は君が思ってる以上に平凡な人間だって。君の優秀さを耳にするたび、俺は君を意識していった。悔しかったからさ。どうすれば君に、自分と同じ敗北感を味わわせられるのか、そんなことで頭を悩ませるようになった」

「僕は、あなたに相応しい人間になろうと思ってただけなのに」

頑張れば頑張るほど憎まれていたなんて。それを聞いたら悲しくなった。しょんぼり肩を落とすと、ヨハネスは「知ってた」と、さらに顔を歪めて苦笑した。

それを見て、アンジェリンも悔しい気持ちになる。歪んだ表情をしても、王子は美しい。そしてそんな王子に、自分は惹かれてしまうのだ。

「将来、妃になるために、妃に相応しいと言われるために、君は頑張ってた。その気持ちは周りにも、俺にも伝わってたよ。俺がこれほど君に敵愾心を抱いてるのに、君はひたむきに未来を見てる。こっちの悪意が通じないんだから、憎んでる側としてこれほど悔しいことはないよね。いっそ、君のことなんて何とも思ってない。妃にするつもりはないって言ってやろうかと思った。他に好きな相手がいるんだから、とか」

「他に、好きな人がいるんですか」

悲愴《ひそう》な気持ちになって思わず声を上げた。ヨハネスはそこで小さくため息をついた。

「いないよ」

やや呆れたように肩をすくめる。

「いたら、君にこんなに執着しないよ。後にも先にも、ここまで興味を覚えたのは君だけだ」

「何で僕をそこまで……」

「今の説明じゃ、納得できない？　ちょっと意地悪を言って泣かせるつもりだった君が、俺のそんな幼稚で汚い気持ちなんてお構いなしに、真っすぐ綺麗に育っていった。俺はそれが悔しくて悔しくて、興味のないふりをしながら、頭の中は君でいっぱいだった。どんどんオメガらしく美しく成長していく君がまぶしくて、そう感じることがまた、負けたみたいで悔しかった」

不思議な気分だった。あの当時、ヨハネスはアンジェリンのことなんて何とも思っていないと思っていたのに。それが上辺のつくろいで、実は執着されていたのだとは、夢にも思わなかった。

「ぜんぜん気づきませんでした」

「俺自身、認めたくなかったからね。君は高等部に上がって、ますます大人っぽく、綺麗になった。

でもやっぱり君からは話しかけてくれなくて、俺が声をかけるばかりだった。憎らしいのに声をかけるのをやめられなくて。それでもう、自分の気持ちを認めるしかないなって思ったんだよ」

「気持ち……」

「君を好きって気持ち。ただ憎らしいだけなら、いそいそ話しかけたりしないだろ」

少し焦《じ》れったそうに、それでも笑いながら、ヨハネスは言葉を重ねた。

ヨハネスは、高等部の頃からアンジェリンを好きだった。言葉の意味は理解できたが、やっぱりまだ信じられない気持ちだった。

「まだ信じられないって顔をしてる。いいさ。まだ二人の生活は始まったばかりだ」

気にしていない、というふうにヨハネスは言い、ワインのグラスをテーブルに置いた。それから、腰を上げてアンジェリンと距離を詰める。

急に近寄ってこられたので、アンジェリンはつい身をすくめてしまった。

ヨハネスは喉の奥を震わせて、愉快そうに笑い声を立てる。彼の手が伸びて、アンジェリンの頬にかかった髪を軽くすくい上げ、耳に掛けた。

「でも、俺は諦めないよ。君を国外に逃がしたりなんかしないし、もう誰にも君を傷つけさせない。君を守るし、君を振り向かせる。……今度こそ」

楽しそうに笑ったかと思ったら、次の瞬間にはもう笑いを消し、熱を帯びた眼差しでアンジェリンを見据えている。

ヨハネスの態度や言葉に、アンジェリンはただ戸惑うしかなかった。

自分が何をどうしたいのか、わからない。

最初のナイトガウン・パーティーは、翌日にも大学の授業があるため、深夜に至る前にお開きになった。

「焦らず行くよ。好きだって言葉も、当分は使わない。愛の言葉は、君をむやみに警戒させるだけみたいだから」

アンジェリンが自分の部屋に戻る直前、ヨハネスはそう言った。確かに、ヨハネスに恋情を示されるたび、こちらは妙に委縮してしまう。

そんなはずはない、という気持ちが先に立ってしまうのだ。

ならどうしてあの時、手を差し伸べてくれなかった？　汚い物から逃げるように、目を逸らしたりしたのか。

こうやって口説くのは、アンジェリンがまだ処女で、誰とも番の契約を交わしていないとわかったからではないのか。あの時、未遂で終わっていなかったら、ヨハネスは今こうして求愛してこなかっただろう。

そんなふうに思って、ヨハネスの気持ちを拒絶してしまう。

自分も、ありのままの感情を相手に伝えるべきなのだろう。そのための機会だ。

でもまだ、自分の中にある屈託をどう説明すればいいのかわからない。どうやっても、恨み言になる気がする。

そうしたアンジェリンの内心の葛藤《かっとう》とは裏腹に、日常は平和に、そしてかつてないほど豊かな楽しさと共に過ぎていった。

毎日、友人たちと池のほとりに集まって昼食を食べる。何を話したのかすぐ忘れてしまうくらい、大した中身はなかったが、そんなことは問題にならないくらいいつも楽しい。

今までろくに話したことのなかった、ヨハネスの友人のマレクとも、すっかり打ち解けた。

マレクは誰に対しても、物言いが少々辛口だ。でも頭の回転が早くて、人の感情の機微《きび》を察知するのに長けている。そのあたりはトマーシュと似ている。

マレクが皮肉を言うと、すぐにポンと気の利いた言葉を返すのがトマーシュだ。

そこへ、おっとりして少しずれているところがあるデニスが、とぼけた発言をして、二人は毒気を抜かれたりする。

最初は毎日、全員分の昼食を持ち回りの係が用意していたが、一週間経って各自で用意しようということになった。それで、好きな食べ物を交換し合ったりする。

来年の春になったら、花が咲き乱れる構内の庭で食べたいな、とアンジェリンは思った。

提案しようとしてふと、我に返る。この楽しい時間は、いつまで続くのだろう。アンジェリンの身の危険が去ったら、ヴァッリーク家に帰る。そうしたら昼食会も終わってしまうだろうか。

その時、自分とヨハネスの関係はどうなっているのか。

そこでまたアンジェリンは自分の中の葛藤を思い出し、この先どうすべきなのか、わからなくなってしまう。

ヨハネスの屋敷に住むようになって、あっという間に二週間が経った。

その間に一度だけ、ヨハネスと夜の観劇に出かけた。これもまた、夢のように楽しい時間だった。二週間もすると、ヨハネスとの同居生活にも少しずつ慣れてきた。

二人の習慣みたいなものもできてきて、大学から帰って夕食までの時間、ヨハネスの書斎で二人、それぞれの勉強や課題をこなした。

書斎には秘書用の机があって、そこがアンジェリンの席だ。一人だとだらけてしまうが、互いの目があるので捗る気がする。

ナイトガウン・パーティーは、あれから三回もやった。一度は休日の前で、アンジェリンはつい深酒をしてしまい、ソファで寝てしまった。ヨハネスが寝室に運んでくれたらしい。

「可愛い寝顔だったよ」

と、からかわれて、もう絶対に深酒はしないと誓った。

ダンへロヴァー家の動向については、よくわからない。

父からの手紙には、まだ状況は改善しないので、当分は王宮で厄介になるようにと書かれてあった。

その後、ヴァツリーク家から使いの者が来て、アンジェリンの私物や服をいろいろと届けてくれた。母が手配したのだろう。

ヨハネスにも、ダンへロヴァー家の状況を尋ねてみたが、答えは父の手紙と変わらなかった。

「あちらが俺の血液検査の結果を取り寄せたという情報を得たが、それきりだ。この先も何も起こらないかもしれないけど、万が一にも何かがあったら困る。今はまだ我慢してほしいんだ」

そう言われれば、従うしかない。実際のところはどうなのか、アンジェリンには情報を得る手段がないからわからない。

このままここに住むことになったりして……という疑惑がないでもない。しかし、今は毎日が楽しかったし、うるさい母がいないから、ヴァッリーク家での生活よりよほど伸び伸びできる。

来月になれば、大学の定期試験が始まる。それが終われば夏休みだ。さすがにその頃には、何がしか変化があるだろう。それまでは、この楽しいばかりの毎日を堪能していよう。

ヨハネスとの関係以外、日常生活に悩みや問題はなかった。

ただ一つ、気にかかるのは、サシャ・マリーのことだ。

昼食に誘いたいと思っているのに、なかなかその機会がない。昼休み前の授業が同じなので、授業が終わってすぐ声をかけようとしたが、サシャは終わりの鐘が鳴るなり一目散に教室を出てしまう。

一度、隣の席に座ろうよと声をかけたのだが、入り口付近の席がいいのでと断られてしまった。

「すみません。ちょっと昼休みにやることがあって」

どんなことかとさりげなく聞いてみたが、言葉を濁して教えてくれなかった。

声をかければ挨拶してくれるし、避けられているわけではなさそうだが、距離が縮まらなくてちょっと寂しい。

でもそれ以外は、本当に楽しい毎日だった。


「それで？　殿下との進捗はどうなってるの」

ヨハネスと同居を始めて、きっちり二週間が経ったその日、トマーシュがそんなことを尋ねてきた。

二人はこの日、久しぶりにドランスキー教授の研究室で民具の写生を手伝っていた。

アンジェリンは午後の早い時間に講義が終わるのだが、ヨハネスは夕方近くまで授業がある。

先週のこの曜日、アンジェリンだけ先に王宮へ戻ったが、しばらくドランスキー教授の研究室に顔を出していなかったと思い出し、今日は手伝いがてらヨハネスを待つことにした。

トマーシュも付き合うと言ってくれた。アンジェリンには護衛も付いているし、常に学生がいる教授の研究室が襲われるとは考えにくいが、信頼できる友人がそばにいるのはありがたい。

しかし、写生の傍らでおしゃべりをするのは相変わらずで、途中から「殿下との進捗は……」などと答えにくい話題まで持ち掛けてきた。

「進捗？」

アンジェリンは素っ気なく聞き返す。とぼけているのではなく、こちらはおしゃべりをすると、写生の手が止まってしまうのだ。

「君が王宮に行って、二週間経つだろ。お互いの理解は深まった？」

「……さあ。どうかな」

確かに以前に比べれば、理解は深まったような気がする。

ヨハネスは、自分のことをあれこれと話してくれる。現在の事柄に限らず、アンジェリンが知らなかった過去の出来事、その時にどう感じたのかも打ち明けてくれた。

「殿下が思っていた以上に窮屈な子供時代を送っていたってことは、わかったよ。ものすごい重圧を感じていたことも。心無い大人たちも大勢いて、そのせいで今みたいにひねくれちゃったことも」

「そんなに、ひねくれてるんだ」

「捻《ね》じれてるっていうか……二面性がある、っていうのが正しいかな。善良な顔と、意地悪な顔がある」

小声で答えた。研究室にいる他の学生とは、席が離れているが、一国の王子の性格が捻じれて腹黒いという事実は、あまり声を大きくして言うことではない。

ヨハネスは悪人ではない。基本的には善良で公平だが、冷徹で悪辣な部分もあるし、アンジェリンが困ったり悲しんだりしていると、愉悦を覚える歪んだ面も見つけた。

両親の豊かな愛情に支えられてはいたものの、王宮には他にも大勢の大人たちが出入りしている。そして彼らのほとんどは王子の味方ではなかった。

子供だったヨハネスは彼らに抑圧されたり、利用されそうになったりした。時には性的な目を向けられ、いかがわしいことをされた時もあるそうだ。

王子に対して不埒《ふらち》な振る舞いをするとは驚きだが、自分の欲望を抑えられない人間が王侯貴族の中にもいるらしい。

そんな複雑な環境に置かれていたせいで、ヨハネスは周りの子供たちよりも早く大人にならねばならず、加えて様々な抑圧と重圧が、彼の性格をややこしく変えた。

「普通にしていてもつい、微笑みを浮かべてしまうんだって、殿下は言ってた。怪我をして痛い時でも、笑ってしまうって」

つらくても悲しくても、何でもないふりをしてしまう。そうしなくては、と思うより前に反射的に表情が動いている。

だからいつも、彼は張り付いた笑顔を浮かべていたのだ。それを聞かされた時、アンジェリンはヨハネスが気の毒になった。

どんな時でも、相手に隙《すき》を見せないように。子供のうちから、自らにそんな訓練を課すほど、過酷だったのだ。

ヨハネスが国王の一人息子だったから、というのもある。彼に兄弟がいればまだ、重圧は分散されただろうが、あいにくと国王夫妻はヨハネス以外の子宝に恵まれなかった。

王妃が何度も流産しているという事実も、ヨハネスの口から聞いて初めて知った。何度目かの流産の後、夫妻はヨハネス以外の子供をもうけることを諦めたという。

生れながらの性別も出産も、人の意思では操れない。たとえ一国の王でも、時の宰相だとて、ままならないことはある。それでも人々は、誰かにその責を負わせようとするのだ。

「王室には王室の苦労があるんだね。殿下の妃になった人は、その苦労を負わなきゃいけない。アンジェ、君の気持ちはどうなの」

それがわからないのだ。アンジェリンは力なくかぶりを振った。

「王族だろうと貴族だろうと、嫁す側の気苦労や窮屈さは変わらないと思ってるよ。そういう意味では、オメガだとわかった時から覚悟してる。……していた」

あの事件があって、世間から傷物と見なされた以上、結婚生活は苦痛に満ちたものになる。そう認識している。

その中で、恐らく王家は一番いい嫁ぎ先だ。ヨハネスは、性格に二面性はあるといっても、優しく理性的で、アンジェリンを大切にしようとしてくれる。彼に限って、結婚後に手のひらを返すようなことはないだろう。

そこまでわかっているのに。

「殿下も望んでくれるし、下手な貴族に嫁ぐより、殿下のほうがよっぽど大事にしてくれるだろう。どうして僕なのかは、やっぱり理解できないけど」

「告白されたんじゃなかったっけ」

ヨハネスから愛情を示されたことは、トマーシュにも打ち明けていた。

「まだ実感が湧かない？」

「というか、すんなり信じられない」

トマーシュは、手を止めてこちらを見ていた。アンジェリンも顔を上げて友人を見る。

「殿下の何が君に、それほど不信感を与えてるんだろうね」

友人は親身に原因を探ろうとしているようだった。アンジェリンの瞳の奥を、答えを探すように覗き込む。アンジェリンは真っすぐ見つめ返すことができず、ふいっと視線を逸らした。

「……あの事件だよ。三年前の」

「アルファが怖い？」

「そういう問題じゃない。アルファは……もう今は怖くないよ」

誰かに背後を取られるのはいまだに怖いが、アルファのヨハネスやデニスと向き合っても、恐怖は感じない。

トマーシュは、それならなぜ、という顔をする。アンジェリンは、自分の気持ちを伝えるべきか迷った。

あの時、ヨハネスが取った態度。すべてはそこに帰結している。さんざん悩んで気づいた。

人によっては、それくらいで、と思うかもしれない。

ヨハネスが直接、アンジェリンに何かをしたとか、言ったわけではないのだ。ただ、手を差し伸べてくれなかっただけ。

傷物になったアンジェリンを咄嗟に拒絶した……言ってしまえば、ただそれだけのこと。

「あの時の殿下の目が、態度が忘れられない」

トマーシュにも、「それだけ？」と言われることを覚悟した。それでも自分のわだかまりを言葉にする。そろそろ前に進まなくてはいけない。

この葛藤を、どこかで振り払わなくてはならないのだ。

「冷たい目で僕を見てた。汚い物でも見るみたいに」

トマーシュが、大きく目を見開く。反射的に何か言いかけて口を閉じ、次は慎重に開いた。

「……それは、図書室で？」

アンジェリンはこくりとうなずき、唇を噛んだ。あの時の情景と共に、感情の波が押し寄せてくる。

「僕が君とマレクに助けられて、書庫から出た時。殿下は図書室の端っこで、自分の身体を抱えて立ってるだけだった。殿下は僕を助けてくれなかった。それだけじゃない。僕を蔑んで目を逸らした。何もしないどころか、声一つかけてくれなかったんだ。それが彼の本心じゃないのか？」

口を開けば、やっぱり恨み言が溢れ出た。

わかっている。悪いのはヨハネスじゃない。悪いのはカールやルミ、そしてうかうか彼らの罠にはまったアンジェリンだ。オメガの発情から逃れるために、アルファの彼は避けているしかなかった。

何度も自分に言い聞かせた。なのに、実際に口にすると平静でいられない。

きっとトマーシュだって呆れただろう。三年も経つのに、まだちっとも乗り越えることができず、人のせいにしているなんて。

「あ……」

友人は、呆れた顔などしていなかった。何か驚くことでもあったみたいに、大きく目を見開いたままだった。

「アンジェ……君は……そうか。そうだったんだね」

トマーシュはつぶやき、自分の中で大いに得心したというように、何度か首肯していた。

「そう、って。どういう意味？」

アンジェリンが真意を尋ね、トマーシュがそれに口を開きかけた時、研究室のドアが開いてマレクが現れた。

「失礼します。アンジェリン、迎えに来た」

マレクの後ろから、彼より背の高いデニスがひょっこり顔を覗かせる。アンジェリンとトマーシュとの間にあった、一種の緊張を孕んだ空気が霧散した。

「……あっ、うん。ありがとう。デニスも来てくれたんだ」

アンジェリンがお礼を言うと、マレクが親指を後方のデニスに向けた。

「こいつはおまけだ。廊下をウロチョロしてたんで連れてきた」

「ウロチョロなんて。アンジェに話があるから探してたんです」

デニスが年上のマレクにもちゃんと言い返せるくらい、二人は仲良くなっている。

「騒ぐなら、外でやって」

しかしそこで、ドランスキー教授に咎められ、四人とも研究室を追い出されてしまった。

トマーシュとの会話も、うやむやになった。

「さっきの話。今度、ちゃんと話すよ」

トマーシュはそう言い置いて、廊下で別れた。ヨハネスは同じ校舎の別の教室で、護衛たちと待っているそうだ。アンジェリンとマレク、それにアンジェリンの護衛が続く中、デニスもついて来た。

「デニス。話って？」

隣を歩くデニスを促すと、彼はすぐに答えず、前後にいるマレクと護衛をちらりと見やった。

「あのさ。大した話じゃないかもしれないけど、いちおう君の耳に入れておこうと思って」

言いながら、軽く身を屈めてアンジェリンに顔を近づける。内緒の話らしい。アンジェリンも耳を近づけた。

「前にアンジェが仲良くなろうとした、サシャってオメガの子がいただろ？　銀髪の」

思わぬ名前が出て驚く。サシャには避けられたままだ。

「あの子が構内で、ヴァレンティンと一緒にいるのを見かけたんだ。しかも、ヴァレンティンのほうが熱心に話しかけてた。普通なら、友達になったんだなって考えるところだけど、サシャは平民の奨学生だったよね？　あのヴァレンティンが相手にするわけないと思って」

訝しく感じたのだという。アンジェリンも、あの階級主義のヴァレンティンがサシャに熱心に話しかけるなんて、何か裏があるんだろうと思ってしまう。

嫌な予感がして、アンジェリンは身震いした。

ヨハネスと教室で合流し、王宮の屋敷に戻った。ヨハネスはやけにニコニコしている。

といっても、機嫌がいいわけではない。むしろその逆だ。

いつもと同じ爽やかな笑顔を浮かべていても、ピリッとした空気が相手から伝わってくるのだ。

彼は今、すこぶる機嫌が悪い。一緒に過ごすうちにアンジェリンも見分けられるようになった。

どうしてだろうと思っていたが、屋敷に帰ってからヨハネスの嫌味っぽい言葉を聞いて、理解した。

「デニスと耳打ちし合ってたね。君たちは本当に仲がいいな」

廊下で内緒話をしていたところを、教室から出てきたヨハネスに見られたのだ。

「それは、まあ。幼馴染みですから」

「手も繋いでた。俺とは一度も繋いだことがないのに。俺だって幼馴染みだよね」

お茶を飲みながら、ネチネチと責めてくる。

「焼きもちを焼いているとでも、言いたいんですか」

「そうだよ。おかしい？」

ヨハネスはニコニコしながら、挑発的に言い返した。アンジェリンはため息をつく。

「そんなことより……」

「そんなこと！」

心外だ、というふうに語気を強めるから、アンジェリンはティーカップを置いて再びため息をついた。今は戯《ざ》れ言《ごと》を言い合っている場合ではないのだ。

「いいから聞いてください。デニスに耳打ちされた件です。殿下のお耳にも入れておかなければ。ダンヘロヴァーの話ですよ」

アンジェリンは、デニスから聞いたことをそっくりそのまま報告した。

「そのオメガの奨学生の子、サシャは平民なんです。ヴァレンティンが平民に熱心に話しかけるなんて珍しいと思いませんか」

ヨハネスは笑いを消し、真面目な顔で聞いていたが、アンジェリンがサシャの名前を口にした途端、相手の顔がにわかに険しくなった。

「……サシャ？　サシャ・マリー……法学部の？」

「そうです。ひょっとして、殿下もサシャをご存知なんですか」

少し意外だった。二人は学年も学部も違う。接点が見当たらなかった。

「……ああ。少しね」

ヨハネスは短く答え、考え込む様子を見せた。かと思うと席を立ち、

「お茶の途中にすまない。父に報告する。夕食までには戻るよ」

言い置いて、慌ただしく出ていってしまった。取り残されたアンジェリンは、わけがわからず呆然とするしかなかった。

宣言どおり、ヨハネスはいつもの夕食の時刻には帰ってきた。

それから二人で夕飯を食べたけれど、ヨハネスは普段より口数が少なかった。何か思い詰めている様子で、ヴァレンティンがサシャに接触したことが、これほどまでに重要だったのかと戸惑う。サシャの素性に何か、こちらの知らない秘密があるのだろうか。

気になって仕方がなかったが、どう切り出していいかわからず、アンジェリンもサシャの話題に触れられずにいた。

食事が終わってすぐ、ヨハネスから「この後、時間をもらえないかな」と改まった口調で言われた。

「話しておきたいことがある」

アンジェリンはうなずき、二人は食堂からヨハネスの私室へ移った。

ヨハネスは使用人にお茶を用意させ、すぐには話を切り出さなかった。出されたお茶を飲み、一息ついたところでようやく、口を開く。

「君に、黙っていたことがある。今年の健康診断の血液採取を元に行われた、アルファとオメガの相性診断の結果についてだ」

アンジェリンは黙ってうなずいたが、内心ではドキドキして、手には汗をかいていた。

ヨハネスがこれほど焦らすのだ。よほど言いにくいことだというのは、推測できる。ただ、それが何なのか、ヨハネスが留守の間にもあれこれ考えたけれど、見当がつかなかった。

ヨハネスは言葉を切ってまた一口、お茶を飲んだ。その表情にいつもの微笑みはない。

「父が毎年、俺の診断結果を取り寄せていることは、話したよね。その結果は、相性のいい順に名簿に記載される。毎年のことだ。今年、その名簿の上位に君の名前を見つけた時は、思わず快哉《かいさい》を叫んだよ。これを理由に、反対する貴族たちを黙らせることができる。でも、名簿のことも診断結果のことも、その時は君に告げるつもりはなかった。君を口説くのは、君が大学を卒業する時だと決めていたから」

口説く、という直接的な表現に、どきりとする。ヨハネスが高等部時代からアンジェリンを好きだったと、ついこの間、聞かされたばかりだ。

その話を信じるなら、ヨハネスは一度は破談になったアンジェリンとの縁談を諦めておらず、またアンジェリンの卒業を待って縁談を持ち掛けるつもりだった、ということになる。

しかし実際は、卒業を待つどころではなかった。今は一年の一学期だ。

「予定を変更したのは、僕が留学すると言ったからですか」

ヨハネスはうなずいた。

「あの時、研究室の前でたまたま君たちの会話を耳にした。焦ったよ。それで慌てて両親に相談し、縁談の時期を早めたいと申し出た。両親は俺の気持ちを知っていたから、喜んで協力してくれたよ。だからあの相性診断の結果は、本来なら反対する人間を説得するための材料で、まだ君と気持ちを通わせていない段階で知らせるつもりはなかったんだ」

アンジェリンに求愛し、アンジェリンがそれを受け入れ、無事に婚約の運びとなってから打ち明けるつもりだったのだという。

そんなにも周到に、以前からアンジェリンとの婚約を考えていたとは知らなかったし、自分がほんの思いつきで口にした国外留学の話が、それほど他者に影響を及ぼしていたとは驚きだった。

「君が俺の気持ちを受け入れてくれたら。そうしたら、名簿を見せて、ほら、君とは生物学的にもこんなに相性がいいんだよって、知らせるつもりだった」

しかし、国外留学を阻止したいがために縁談が先行し、相性診断の結果を先に見せることになってしまった。

結果として、相性診断の結果がいいからという、条件だけでアンジェリンを望んだように取られてしまった。

「完全なる俺の落ち度だ。父にあの場での説明を任せてしまった。父は、俺がそこまで意気地なしだとは知らなかったんだよ。つまり父は、あの時点で俺が、もうとっくに君に気持ちを伝えていると思ってたんだ。あとは両親を説得するだけだってね。俺は俺で、とにかく君の両親を丸め込んで、君の身柄さえ確保できれば、あとはゆっくり君を口説けばいいと思ってた。君を近くに引き留めておけば、何とかなると思ってたんだ」

誤算だった、というような口調だが、実際はヨハネスの予想どおり事が運んだのだ。アンジェリンはこうして今、ヨハネスの長年の気持ちを聞かされ、揺れている。

でもヨハネスのほうは、上手くいっているとは考えていないようだ。この部屋に入った時からずっと、苦い顔をしている。

「よかれと思って行動しているのに、俺はいつも、君の感情を置き去りにしてしまう。君を傷つけたくないと慎重にすればするほど、裏目に出る。でも、君への想いは本当なんだ。この言葉を使うのは嫌かもしれないけど、言わせてほしい。……俺は君を愛してる」

思い詰めたように見つめられ、アンジェリンは息を呑んだ。

彼の好意を、最初は信じられなかったし白々しいと思っていた。だから拒絶した。

この先も絶対に、信じることはないと思っていたのに。愛の言葉に心が震える。彼の前で必死に閉ざしていた扉を、自分は今にも開こうとしている。

アンジェリンは揺れ動く自分の感情をすぐには言葉にできず、黙ってヨハネスを見つめ返した。

「サシャ・マリーのことだけど」

声を低くして、ヨハネスは短く言った。それでアンジェリンは思い出す。そう、この会話の発端は、サシャ・マリーだ。

ヨハネスはそこで、ズボンの尻ポケットを探り、折り畳まれた紙片を取り出した。

「サシャ・マリー。法学部の一年生。平民で家庭は貧しいが、王立学院の入学試験では首席だった。入学生の奨学金審査も、当然ながら一番の成績で通過してる」

「すごいですね」

アンジェリンは思わず言った。奨学生だから優秀なのは知っていたが、首席とは。

感心しながら、ヨハネスの手元にある紙片を見る。話の流れから、そこには成績が書いてあるのかなと想像した。

「これは、サシャ・マリーと俺の診断結果の写しだ」

けれどもヨハネスは、アンジェリンの予想していなかった言葉を口にした。折り畳んでいた紙を開いてこちらへ差し出す。恐る恐る、それを受け取った。

すぐに一番下、診断結果の欄へ目をやる。それを見た時、紙片を握る手が震えた。

『特A』

アンジェリンの脳裏に、「運命の番」という言葉がよぎった。


動揺しない。心を平らに。ただひたすら平らに。何も感じないようにする。

自分の身体と心を切り離して、心がうんと遠くにあるように意識する。そうすると、ほんの少し痛みが和らぐ。和らぐような気がする。

診断結果の紙片をヨハネスに返し、アンジェリンは心の中で自分に言い聞かせた。心を平らに。

「Aも珍しいが、特Aという結果は滅多に出ない。診断対象が王族だということを抜きにしても、研究者からすると興味深い結果らしくてね。サシャ・マリーと俺を被験者として、いくつか実験したいなどと言われた。もちろん断ったけど」

ヨハネスは淡々と説明する。彼が今、何を考えているのかわからない。アンジェリンは動揺に震える指先を、強く内側に握り込んだ。

「君との相性を超える結果に驚いたけど、ただそれだけだよ。彼をお妃に、なんて考えない。というか、君を超える高い相性のオメガがいるというのは、厄介だなと思った。彼が貴族に、特にダンへロヴァー派に利用されないか、心配していた。今まで目立った動きがないから、安心していたんだが」

ヴァレンティンがサシャ・マリーに近づいた。

「恐れていた事態が起こりつつある、ということでしょうか」

いつもと変わらない声が、自分の喉から出る。平静を装うのに成功した。

「過剰に怯える必要はないが、警戒を怠《おこた》ってはいけないと思う。ヴァレンティンというのは、階級主義だと言っていたよね。平民で奨学生のマリーに、昼食を一緒にどう？　なんて誘うとは思えない」

「近づいて、サシャをどうするつもりなんでしょう」

「今は何とも言えない。ただ、サシャは優秀な学生だから、ダンへロヴァーかあるいは派閥内の貴族が、サシャを取り込んで俺のお妃候補に仕立て上げないとも限らない」

サシャが貴族の養子になれば、王族との結婚もあり得ない話ではない。実際、身分差のある結婚にはたびたび使われる手だ。

「父に相談して、サシャ・マリーにも、密かに監視を付けることになった。彼の安全を担保する意味もある。オメガの性の特徴を悪用されることのないように」

オメガの性の特徴。一瞬、発情したルミの顔が脳裏をよぎった。急いでそれを追い払うと、今度はカールの冷たい眼差しがまぶたの裏に浮かぶ。発情しながらも、オメガのアンジェリンを冷たく見下ろしていた、あの憎しみの混じった眼差し。

それは図書室の入り口で見た、ヨハネスの顔と重なる。縋りつこうとすると、逸らされる。

たまらず目をつぶった。

「アンジェリン」

すぐ隣でヨハネスの声がした。心配するような声音だ。続いて、膝の上で握り込まれたアンジェリンの手の上に、ヨハネスの手が重なろうとする。

三年前の王子の姿をつぶさに思い出していたアンジェリンは、思わずその手を振り払ってしまった。

一瞬、そんな自分に驚いて、それからすぐに感情の波が押し寄せる。

「大丈夫だよ、アンジェリン。君は何も心配はいらない」

アンジェリンが怯えていると思ったのだろうか。しかし、てんで見当違いの気遣いに、頭が怒りでいっぱいになった。

「……大丈夫？」

何が大丈夫だというのだろう。何も心配はいらない？

アンジェリンは今、ヨハネスとサシャがもし顔を合わせたら、という想像に怯えているというのに。

診断結果が「特A」だった国王陛下と王妃は、それぞれ一目ぼれだったと言っていた。運命の番だからだと。

ヨハネスはアンジェリンに執着している。それは診断結果が「A」だったから、生物学的な相性のせいとはいえないだろうか。

もし今、ヨハネスの前にサシャが現れたら？　二人は血液診断でいうところの「運命の番」だ。アンジェリンを愛していると言っていたヨハネスが、サシャに心を動かされはしないだろうか。

あるいはこのままアンジェリンを娶ったとしても、いつか某心中事件のように、ヨハネスとサシャは互いが惹かれ合う気持ちに抗えなくなるのではないか。

そしてアンジェリンは、この先もそうした可能性に怯え続けなければならない。

「アンジェ……」

「いつもそうだ」

もうたえきれなかった。

「あなたはいつだってそうだ、ヨハネス殿下。あなたがいつも、僕の心にとどめを刺す」

言葉と共に、両の目から涙がこぼれ落ちた。ヨハネスは驚いたように目を瞠っていた。

「あなたは、僕のことを何一つわかってない」

「アンジェリン」

ヨハネスが何か言いかけたが、皆まで言わせなかった。溢れる涙は止めるすべを持たず、頬を濡らしたままアンジェリンはヨハネスを睨み上げた。

「中等部の時、あなたに恋をした。あなたは子供の僕をちょっと懲《こ》らしめてやるつもりだったんでしょう。でも僕は、そんな意地悪なあなたを好きになった。だから頑張った。あなたの隣に立つのに相応しい人間になろうとして。ベータではなく、オメガになれますようにって、天に祈って」

苦手なことを頑張れたのも、ヨハネスに近づきたいからだ。相手が自分をどう思っているのかは、わからなかったけれど。

「高等部に上がって、あなたに声をかけられるたびに舞い上がった。あなたにすれば、大したことのない言葉だったんでしょう。でも僕は、一言一句覚えてる。オメガだとわかって嬉しかったし、あなたとの縁談が進んで嬉しかった。子供の頃からの夢がかなったんだと思った。幸せだった。……あの事件が起こるまでは」

目の前の美貌が、痛ましそうにしかめられる。何を今さら、とアンジェリンは憎しみを覚えた。

涙と共に感情が溢れてぐちゃぐちゃになり、気づけば長く胸の中に渦巻いていた思いを相手にぶつけていた。

「カールたちに襲われた時、あなたは助けてくれなかった。マレクやトマーシュは手を差し伸べてくれたのに、あなたは汚い物でも見るみたいに僕を見た。そして目を逸らした」

「あ……え……？　それは、違う。そんな態度はとってないよ。誤解だ、アンジェリン」

ヨハネスは驚愕したように目を見開き、呻くように言った。まだ何か言おうとしたが、聞きたくなかった。

「あなたのあの時の態度が、僕を奈落《ならく》に突き落とした。僕は汚い、傷物なんだって思い知らされたんだ。僕はヴァツリーク家のオメガとして価値を失った。そんな僕に、あなたも知らんぷりしてた。会いに来てくれなかったし、一言だって声をかけてくれなかった。それが答えだ。結局あなたは、僕のことなんか何とも思っちゃいなかった」

「ち、違う、アンジェリン、俺は」

「聞きたくない。もう何も聞きたくない！」

激情に駆られたまま叫ぶ。子供じみていると思われるかもしれないが、どうでもいい。

「あなたは僕を愛してるって言う。運命だって言うなら、そうかもしれない。僕もあなたに惹かれるから。……この三年、忘れようと思っても忘れられなかったから」

この愚かしい恋を、どうしても捨てられなかった。ヨハネスに惹かれるのを、自分の意思だけでは止めることができない。

「たぶん、研究中の血液学が示すように、僕たちは生物学的に惹かれ合う運命なんでしょう。でもそれなら、あなたはサシャにも惹かれるはずだ。いずれ、僕よりサシャを愛するようになる。そんなことない、僕だけを愛してる、なんて言葉は無意味です。あなたの言葉は関係ない。たとえ僕が今、あなたの愛を受け入れたとしても、僕はずっとサシャの影に怯え続ける。さっき見せられた『特A』の文字が、僕を縛り続ける。……それでもあなたは、大丈夫って言うんですか？」

言い終えると、静かにソファから立ち上がった。ヨハネスも腰を浮かせ、縋りつくようにこちらを見る。けれどこちらが睨み返すと、視線を落としてうなだれた。

「明日は大学を休みます。この状態であなたと一日中、顔を合わせているのはつらいから。これからのことは、休んでいる間に考えます」

言葉がつらつらと口を突いて出る。冷静になったわけではない。こめかみの辺りがピリピリするくらい、神経が立っていたが、不思議と勝手に静かな声音が出た。

アンジェリンは部屋を出て自室に戻った。ヨハネスは追いかけてこない。

（意気地なし。結局、そういうことなんだ）

彼の言葉はぜんぶ上っ面だけ。そう考えたら、またヨハネスの何もかもが信じられなくなった。どうしてほだされかけていたのか、不思議なくらいだ。

（もう二度と信じない）

ベッドに倒れ込み、頭の中でつぶやいて、そんな自分を自嘲《じちょう》した。もう信じない。今まで、この言葉を何度繰り返しただろう。

ヨハネスなんか嫌いだ。ヨハネスなんか信じない。

うそぶくのに、心の奥で正反対の感情が根を張っている。これが運命の番ということなのだろうか。

だとしたら、「特A」の相性を持つヨハネスとサシャは、必ず惹かれ合う。「A」のアンジェリンでさえ、こんな状態になってもヨハネスを愛する気持ちを忘れられないのだから。

ベッドに横になり、少しでも神経を落ち着かせようと目をつぶる。しかし、心の平穏はいつまで待っても訪れはしなかった。


ベッドに入ったものの、まんじりともしないまま夜が明け、朝食は辞退した。ヨハネスと顔を合わせたくなかったからだ。

着替えを済ませると少しして、使用人が部屋に朝食を運んできた。

「殿下が、少しでも食べられるようなら、と仰られて」

ヨハネスが運ばせたらしい。お茶と、さくらんぼのジャムをフィリングにした菓子パン。またアンジェリンの好物だ。

朝食の載った盆には、一輪の白い薔薇の花と共に、カードが添えられていた。

『君を愛してる。もう一度話し合いたい』

使用人を下がらせた後、アンジェリンはそのカードを半分だけ破って止めた。

ビリビリに破り捨てるつもりだったのに、ヨハネスの顔が思い浮かんでできない。

「くそっ……」

悪態をつき、半べそをかきながら朝食を食べた。その間に、ヨハネスは大学へ登校したようだ。

午前中は部屋に閉じこもり、悶々《もんもん》としていた。

気を紛らわせるために本を開いても、読書に集中できない。睡眠が足りていないにもかかわらず、ベッドに横になっても眠れなかった。

ずっとヨハネスと、それにサシャのことばかり考えている。

これから自分は、どうするべきなのだろう。

感情を排除して考えるなら、答えは簡単だった。ヨハネスと一刻も早く婚約するべきだ。

ダンへロヴァーが、ヨハネスとサシャの「特A」の結果を知ったのなら、必ずサシャを利用しようとする。どこかの貴族の養子にするか、あるいは自家で引き取るか。

アンジェリンの三年前の事件を引き合いに出し、サシャの「特A」の結果を披露して、サシャをヨハネスの妃に据えようとするだろう。

そうなる前に動くべきだ。昨日、ヨハネスが国王陛下に話をしに行ったから、すでに王家は動き出しているかもしれない。

サシャにしたって、いきなり王子と結婚して王族になれなんて、戸惑うだろう。ダンヘロヴァーが サシャを大切にするとは思えないし、結婚した後も様々な重圧が一生付きまとう。平民として生まれ育った彼には荷が重すぎる。

でもそれも、ヨハネスとの愛があれば乗り越えられるのだろうか。

いっそ早めに身を引いて、サシャをヴァツリーク派に引き入れ、ヨハネスと添わせるべきではないか。そうすれば、自分のこじれた恋にも諦めがつく。

(そうだ。そうしよう)

結論を出して、アンジェリンはベッドから起き上がった。

我ながら、自棄《やけ》っぱちになっている気がしなくもないが、何度も浮かれるたびに地面に叩き落とされ、いい加減にしてほしいと思っていた。もう、楽になりたい。

アンジェリンは身支度をして、出かける準備を始めた。大学に行くのだ。

部屋に一人でいても、また悶々としてしまう。授業に出て、それからヨハネスと合流する。ヨハネスに会ったら、あなたはサシャと結婚するべきだと言おう。

使用人を呼び、屋敷にアンジェリン付きの護衛騎士が出勤しているのを確認する。

アンジェリンが大学をさぼったので、騎士は一人で控えの間に待機していたらしい。彼らに、午後から登校する旨を伝えた。

あまり食欲はなかったので、簡単な昼食を摂った後、護衛騎士と共に屋敷を出た。

大学の構内に入る頃には、ちょうどお昼休みが終わろうとしていた。

午後の最初の授業は、外国語の時間だった。サシャも同じ授業を取っている。

そのことを、屋敷を出る前に思い出したが、気にしないことにした。まだサシャは、こちらの思惑など知らないのだ。

何も知らないのに、ダンヘロヴァーとヴァッツリークの両方から、手駒にされそうになっている。

背中を丸めたサシャの姿を思い出し、申し訳ない気持ちになった。いずれヨハネスと恋に落ちるにしても、厄介事に巻き込まれたのは事実だ。

サシャには、できる限りの手助けをしよう。二人が結婚したら、外国に行こうかと思ったが、サシャが王室の生活に慣れるまで、礼儀作法などは自分が教えるのがいいかもしれない。

あれこれと想像を巡らせ、そんなことまで考える。

間もなく始業の鐘が鳴って、午後の授業が始まった。しかし、教室をぐるりと見回しても、サシャの姿がない。

語学の授業は人数が多く、教室は「大教室」と呼ばれる階段教室だ。アンジェリンは階段の中頃の席に座っていたので、前方と後方を何度も見たが、やはりサシャは授業に出ていなかった。

遅刻か、欠席か。いずれにしても珍しい。発情期だろうか。

授業が半ばを過ぎた頃、教室の後方の扉がそっと開いた。遅刻してくる学生が毎回、一人か二人はいる。

ちらりと後方を見た。サシャではなかった。しかしそこに、見知った顔があって驚く。

入ってきたのは、ヨハネスの護衛騎士の一人だった。隣に座っていたアンジェリン付きの護衛騎士も気づいて、腰を浮かせる。

「アンジェリン様は、この場にいてください」

話を聞いてくると言い、同僚騎士のもとへ向かった。二人は階段の途中で合流すると、後方の扉から教室を出ていった。

騎士たちは、なかなか戻ってこなかった。気になって、アンジェリンはそっと席を立つ。教室の後方から廊下へ顔を出すと、護衛たちが深刻な表情で何やら話し込んでいた。

アンジェリン付きの護衛がこちらに気づき、顔を上げる。近づいてきて、声をひそめて耳打ちした。

「緊急事態です。ヨハネス殿下の行方がわからなくなりました」


アンジェリンも混乱していたが、護衛騎士たちも混乱しているようだった。

平和なはずの大学の構内で、王子が姿を消したというのである。

まずはアンジェリンを王宮に帰すべきだ、いや殿下の捜索が先だと、護衛騎士たちの中でも意見が割れていた。アンジェリンは、何が起こっているのかさっぱりわからなかった。

「殿下が行方不明って、いったいどういうことなんです」

ヨハネスに付いていた護衛によると、ヨハネスは昼休み、いつものようにマレクやトマーシュたちのいる池のほとりには向かわず、一人で簡単に昼食を済ませてから、師事している教授の研究室へ向かった。

「クーベリックという教授です」

「ああ」

ヨハネスが専攻しているゼミの教授だ。たびたび手伝いをさせられるのだという。

当人は、使い走りだ、人使いが荒い、とぼやいていたが、王子だからと忖度せず、他の学生と区別なく接してもらえることが嬉しいようだった。たまにヨハネスの話に、クーベリック教授の名前が出てくる。

しばらく顔を出していなかったので、研究室に顔を出しに行ったのだそうだ。しかしあいにく、教授は留守だった。

ヨハネスはわずかな時間、教授の助手と何か話し込んでいた。

「その際、我々護衛騎士は、研究室の外で待機しておりました」

これはいつものことだ。先ほどのような大人数の大教室を除いて、護衛たちは基本的に教室や研究室の外で待機している。

「やがて外から、クーベリック教授が戻ってこられたんです。我々が戸口に控えているのを見て、すぐに殿下が来ているのだと察せられたようです」

待たせてしまって悪かったと、教授は研究室へ入っていった。

「しかしその時にはもう、研究室はもぬけの殻だったのです」

研究室には誰もいなかった。困惑した教授が護衛騎士たちを呼び、騎士たちが中を覗いた時にはもう、ヨハネスも、それに助手もいなくなっていた。まさか、人が二人も消えるわけがない。

「クーベリック教授の研究室は、確か一階でしたよね」

アンジェリンが言うと、騎士たちもうなずいた。

「ええ。恐らくは、研究室の窓から出ていかれたのでしょう。すぐに窓の下を確認しましたが、真新しい足跡が残っていました。問題は、なぜ殿下と助手が、二人揃って窓から出ていったのかということです」

真っ先にアンジェリンの頭に思い浮かんだのは、「誘拐」という言葉だった。

ヨハネスは子供の頃に一度、王宮で誘拐未遂に遭っている。しかし、力ずくで拉致《らち》されたのならヨハネスは抵抗するだろうし、そうすれば外の護衛も気づいたはずだ。

「自分から出ていった、ということでしょうか」

「脅されて、出ていかざるを得なかったのではないか、と我々は考えています。殿下はご自分の都合で護衛をまくようなことは、決してなさいませんから」

護衛騎士たちは、ただちに周辺を探したが、ヨハネスの姿は見つからない。

途中、マレクとトマーシュ、それにデニスが池のほとりの昼食を終えて戻ってきて、護衛騎士たちとばったり遭遇した。

彼らもヨハネスの姿を見ていないという。マレクは午前中、ヨハネスと会っていて、アンジェリンが大学を休むことと、昼食を一緒に食べないことを伝えられたが、それがヨハネスを見た最後だった。

ヨハネス失踪の話を聞いて、マレクたちも捜索に加わっている。ただ護衛騎士たちは、ヨハネスの友人たちの身の安全も心配していた。

これは、アンジェリンも同様だ。ヨハネスに近しい者たちが狙われていないとも限らない。できるならどこか、安全な場所に固まっていてほしいとのことだった。

「それなら僕は、ドランスキー教授の研究室で待機していています。あそこを拠点にさせてもらいましょう」

自分がいては、捜索の足手まといになる。王宮に戻るにも護衛を付けねばならないから、人手が取られてしまう。今はヨハネスの捜索を最優先に考えるべきだろう。

そう判断し、アンジェリンはドランスキー教授のもとへ向かうことにし、自分付きの護衛と研究室へ向かった。

教授には毎回、避難所のように使わせてもらって申し訳ないが、大学関係者の中で、教授がもっとも信頼できる相手なのだ。

話を聞いたドランスキー教授も、快く場所を提供してくれた。

護衛騎士たちは各自、捜索する場所を決め、一定の時間になったらこの拠点に集まってくることにする。

王宮にはすでに、一人が事態を伝えに向かったそうだ。じきに増援が来る。

ひとまずアンジェリンの無事が確保されたので、護衛騎士たちはヨハネスの捜索に散らばった。

アンジェリンは彼らを見送り、ただ部屋にじっとしていることしかできない。

(ヨハネス様……どこにいらっしゃるんだろう)

無事だろうか。彼の身に何かあったらどうしよう。

研究室の窓辺の席に座らせてもらったが、嫌な想像ばかりが頭を巡る。

(僕も一緒に大学に行けばよかった)

いつもどおりに行動していれば、もしかしたらヨハネスが失踪することはなかったかもしれない。

「殿下はきっとご無事だよ」

空を見つめたままのアンジェリンを見て、ドランスキー教授が優しくそう言った。彼の助手がそっと席を立ち、お湯を沸かしてお茶を淹れてくれた。

お茶を飲む間も、焦燥ばかりがつのる。みんながヨハネスの捜索をしているのに、自分はこうして、部屋にこもって座っていることしかできない。

（僕こそ、何もしてないじゃないか）

三年前の事件について、ヨハネスは何もしてくれなかった、助けてくれなかったと詰った。

その自分は、いったいヨハネスに対して何をしたというのだろう。

何もしなかった。いつも受け身だった。これはその罰だろうか。

（罰なら僕に与えてくれ……）

神がいるなら、ヨハネスを無事に返してほしい。代わりにアンジェリンに罰を与えるというなら、喜んで受けるから。

もし、ヨハネスが誰かに傷つけられていたら。もし今、命を奪われようとしていたとしたら。

何でもするから助けてほしい。彼と結ばれなくてもいい。暴力夫に嫁ぐんだっていい。この身を投げ出せというなら投げ出そう。

ヨハネスを愛している。血液検査の結果なんて知らない。運命かどうかもわからない。

ただ、ヨハネスを愛している。この身に代えてもいいくらい、大切な人だ。真実はそれだけ。

自分は欲張りだった。自分と同じだけの愛を、相手からも返してもらおうとしていた。ヨハネスが示す求愛を、自分と同じ物かどうか吟味《ぎんみ》するばかりで、自分から愛を伝え、理解してもらおうと努力しなかった。

（神様……）

後悔と焦燥ばかりが募る。アンジェリンは気を紛らわせるために、助手に淹れてもらったお茶を飲み、窓の外の景色へ目をやった。

ドランスキー教授の研究室は、校舎の二階の奥にある。窓は校舎の裏手、雑木林に面していた。

大して手を入れられていない、鬱蒼とした木々を眺めていると、その雑木林から誰かが出てくるのが見えた。

一瞬、ヨハネスではないかと期待したが、似ても似つかない人物だった。しかし、見覚えのある顔だ。王立学院の内部生、アンジェリンの同級生だった。

学生が大学の構内にいるのは、何の不思議もない。だがアンジェリンは、何か引っかかりを覚えた。

（いや、彼は確か……）

頭の中の記憶をさらって、内部生の情報を思い出す。

中等部からの生徒だ。一度も同じクラスになったことのない生徒で、名前だけかろうじて知っていた。彼は確か、高等部になってオメガだと判明したのではなかったか。

（そうだ。それで、大学は進学しないという話じゃなかったか）

オメガの生徒は学年でも少数なので、たとえ知り合いではなくても、同じオメガ同士で情報は何となく共有されていた。

窓の外にいる彼は、大学には進学しなかった。彼はこの大学の学生ではない。

オメガの彼は足早に、雑木林を出て校舎の角に消えようとしていた。その足取りはどこか頼りない。

一度、ふらりと傾きかけて、校舎の壁に手を突いていた。

具合が悪いのだろうか。それでいて、先を急ぐかのように、ふらつきながら歩き出す。

記憶を繋ぎ合わせていたアンジェリンは、彼が校舎の表に向かって回り込むのを見て、思わず立ち上がっていた。

「きょっ、教授。僕……行かなきゃ。校舎の裏に」

考えついたばかりの可能性を言葉にできず、つっかえた。ドランスキー教授は驚いている。

「行くって、どこに。駄目だよ。君も危ないかもしれないいんだから」

「殿下がいるかもしれないんです。あっちの雑木林の裏……使ってない講堂がありましたよね？」

気持ちが焦って、上手く説明できない。でも、ここできちんと伝えないと、救出が遅れるかもしれない。アンジェリンは必死に状況を説明した。

「つい今しがた、僕の同級生がそこの雑木林から出てきたんです。名前は確か……ヘイニー。そうだ、クヌート・ヘイニー。オメガの男性です。足元がふらついているのに、先を急いでいた。彼は発情していたんじゃないでしょうか。しかも彼は高等部までで、大学には進学しなかった。今現在、この大学の学生じゃないんです」

たまたま、知り合いの誰かと会うためにいたにしては、気になる状況が揃いすぎている。

雑木林の奥にあるのは、今は使われていない古びた講堂だ。アンジェリンは実際に行ったことはないけれど、何年か前に学生が無断で夜中に宴会をしてボヤ騒ぎを起こし、立ち入り禁止になったと聞いている。

先には廃講堂しかないから、雑木林に立ち入る学生は少ない。この研究室に頻繁に出入りするアンジェリンも、この窓の外に人がいるのを初めて見た気がする。

ドランスキー教授は、アンジェリンの説明をすぐに理解したようだ。顔色を変えた。

「だとしても、君が行くのは危険だ。誰かに任せなさい」

「でも、護衛騎士たちが戻ってくるまで時間がかかります。すぐに行かないと、手遅れになるかもしれない。サシャ・マリー……実は僕の友人のオメガも、午後の授業に出ていないんです。彼は真面目な奨学生で、発情期でもなければ授業を休むことはないはずなんだ」

居ても立ってもいられなかった。講堂にヨハネスがいたとして、どうなっているのかわからない。無事なのか。今この時も、危険にさらされているのではないか。

「君はオメガで、殿下はアルファだろう。何かあって対処できるのか」

ドランスキー教授が渋るのもわかる。その時、研究室にいた学生のうち、二人が「僕らが一緒に行きます」と、手を挙げてくれた。

「僕らはベータだから。よくわからないけど、非常事態なんでしょう？　一緒に行きますよ」

すると残りの学生たちも、次々に声を上げた。

「じゃあ、僕らは護衛の人たちを探しに行きます。ヴァツリーク君がヨハネス殿下を捜しに裏の講堂に行ったたって、伝えればいいんですよね」

「全員で行くのはまずいよ。研究室が手薄になる」

「じゃあ、俺は残る。教授と助手の人と、三人いれば大丈夫だろう」

てきぱきと話を決める。ドランスキー教授はため息をついてかぶりを振った。

「状況を確認するだけだぞ。君たちはただの学生で素人だ。深追いしないように。危ないとわかったらすぐ引き返すこと」

アンジェリンを含む学生たちは「はい」と返事をして、すぐさま部屋を飛び出した。

校舎から雑木林を抜け、廃講堂まではそれほど距離はなかった。

運動不足のアンジェリンが、全力で走りきれるほどの距離だ。にもかかわらず、講堂に辿り着くまでずいぶん長く感じられた。

雑木林を出てすぐ、日当たりの悪いじめじめとした場所に、小さな教会のような講堂がぽつんと建っていた。

「先輩方は、中に入ったことがありますか?」

出入り口を探して、アンジェリンは一緒について来てくれたベータの学生二人に尋ねた。

「鍵がかかってるんで、入ったことはないけど、ここまで来たことはある。確か扉はあっち」

一人が答え、三人で建物の反対側に回った。予想していたことだが、扉に掛かった鎖の錠は壊されていた。

ベータの学生の一人が先頭に立ち、扉を開けて中に入る。アンジェリンがそれに続いた。

中は先ほどの大教室と同じ、階段状の造りになっていた。扉から下に向かって階段座席が並び、一番下に半円状の演壇がある。

建物の両脇に明かり取りの小窓が並んでいて、曇ったガラス窓から陽光が鈍く差し込んでいた。

中はがらんとして、誰もいない……ように見えた。

「あそこの……演壇の脇にある、出入り口みたいなのは何でしょう」

演壇の右手に出入り口のようなものがあり、そこに幕が下がっているのに気がついた。

「講堂の出入り口は、さっきの一つだけだったはずだ。部屋か物置なんじゃないかな」

ベータの学生の一人が答え、とにかく行ってみようと階段を下りた。下りていくうちに、アンジェリンは確信した。この奥に、ヨハネスがいる。

「甘い匂いが……アルファの発情の匂いがします。たぶん、殿下のものだ」

ヨハネスの発情の匂いを、アンジェリンは嗅いだことがない。けれど、そうではないかと直感できる。甘い香りが、彼の体臭に似ていたからだ。

アンジェリンの言葉に、ベータ二人の顔が強張る。大丈夫か、というようにアンジェリンの表情を窺った。

「大丈夫です。今のところはまだ」

それでも、ハンカチを取り出して口と鼻を覆った。香りをなるべく吸い込まないほうがいいだろう。ほんのわずかに漂う香りだけで、脳が痺れるようになる。

演壇の幕の前まで辿り着き、ベータの学生が幕をめくると、そこに扉が現れた。両開きの扉で、ご丁寧にノブを紐《ひも》で縛って固定してある。

三人で顔を見合わせ、うなずく。ベータの学生が紐を解いて扉を開けた途端、アンジェリンはうっと息を詰めた。

ハンカチで口と鼻を覆っていてもわかる。やはり、アルファの発情の匂いだ。

アルファの発情の匂いは、オメガにしか感知できない。なので、扉を開けたベータの学生は特段、何かに気づいた様子もなく中を覗いた。

　アンジェリンは、なるべく深く呼吸しないよう気を付けながら首を伸ばす。

　そこは控室か、あるいは物置だったのか、狭い部屋だった。中に窓はなく、講堂の窓から差し込む光だけが頼りだ。

　それでも部屋が狭かったので、中に人が倒れているのがわかった。

「殿下！」

　戸口のすぐ横の壁に、ヨハネスは足を投げ出して座り込んでいた。ぐったりしてうなだれていたが、アンジェリンが思わず叫ぶと、ぴくりと肩が動いて顔を上げる。

　よかった。生きている。

「殿下……ああ」

　思わずハンカチを持っていた手を下ろして、くらりと眩暈《めまい》を覚えた。

　部屋にこもっていた発情の匂いが噴き出し、全身にまとわりつく。頭の中が一変するような、強烈な作用があった。

　三年前、カールたちに襲われた時、間近でアルファの発情の香りを嗅いだ。理性が吹き飛び、強い酩酊《めいてい》を覚えたが、今はそれが穏やかな記憶に思える。

　それくらい、ヨハネスの発情の香りは凄絶だった。ハンカチを慌てて口元に戻したが、息をするだけで脳が溶けるような、凄まじい誘惑を感じる。こんな状況にもかかわらず、今すぐ服を脱いでヨハネスと繋がりたいと思った。

　これが、生物学的な相性というものなのか。必死に理性をかき集めながら、アンジェリンはそんなことを考える。

「……アン、ジェ」

「殿下。ご無事ですか」

アンジェリンが駆け寄ろうとするのを、ヨハネスは弱々しく手を上げて押しとどめる。その手が血まみれで、アンジェリンは悲鳴を上げそうになった。

よく見れば、ヨハネスのシャツも血に染まっていた。シャツの裾から覗く腕は、掻きむしったのか傷だらけになっている。

「自分でやったんだ……痛みを感じるために。大した怪我じゃない。それより、奥……」

荒い呼吸の中で、ヨハネスは声を絞り出して訴える。アンジェリンはその言葉にハッとして、奥を見た。部屋にはもう一人いた。

サシャだ。サシャ・マリーが部屋の奥に倒れていた。その上から、恐らくはヨハネスのものだろう、上着が掛けられている。サシャは裸だった。

「サシャ!」

アンジェリンは青ざめ、奥へ駆け寄った。アルファの発情の香りが鼻腔に入り、酩酊したような眩暈を覚えたが、頬の内側を強く噛んで痛みを与えた。

「サシャ、サシャ・マリー。起きられるか」

裸の肩を揺すって抱き起こすと、サシャは涙で顔をぐちゃぐちゃにして抱き付いてきた。

「う……うーっ、ふぐっ」

嗚咽《おえつ》が漏れて言葉にならないようだ。過去の自分とサシャとが重なった。

素早くサシャのうなじを確認し、そこが傷一つないのを見て、ほっと胸を撫でおろす。

「もう大丈夫。大丈夫だよ、サシャ。何も心配はいらない」

「彼には……何もしてない。上着を掛けただけで……あとは指一本触れてない。大丈夫だ。彼を、早く連れ出して」

アンジェリンの言葉にかぶせるように、ヨハネスが言う。戸口にいたベータの学生の一人が、アンジェリンの腕からサシャを引き取って部屋の外へ運び出した。

もう一人がヨハネスを起こそうとするのを、本人が止める。

「俺はいいから、アンジェリンを。彼ももう、つらそうだ。どうして君が来たんだい？」

手や袖口を血まみれにしながら、ヨハネスは微笑んでいた。そう言った本人が一番、つらそうだった。

急に、ヨハネスへの憐憫《れんびん》が込み上げて、涙がこぼれた。こんな時なのに、彼は穏やかに微笑んでいる。そういう顔しかできないのだ。この暗闇の中で孤独に本能と戦い、今も誰にも頼ろうとせず、一人で耐えようとしている。

彼はずっと、そうやって生きてきたのだ。そしてこれからも、そうやって孤独に生きていくつもりなのだろう。

気の毒で、そして愛しかった。

「あなたを愛してるからです」

ベータの学生に腕を引かれながら、アンジェリンは言った。気だるげに微笑んでいたヨハネスの、碧い瞳が驚きに見開かれた。

「あなたがいなくなったと聞いて、心配で居ても立ってもいられなかったからです。あなたに何かあったらどうしようって、不安でたまらなかった。あなたが傷つくくらいなら、自分が傷ついたほうがいいと思った。あなたを愛してるからです」

ヨハネスは顔を歪ませて笑った。汗まみれで苦しそうで、泣いているみたいな笑顔だった。

「俺も、愛してる。君を愛してる。……ほら、血液検査の結果なんて、関係なかっただろう？　どんなオメガが来ようと関係ない。俺に必要なのは君だけ。君だけを愛してる。それが真実だ」

ヨハネスはうわごとのようにまくし立て、最後に小さくため息が漏らした。ぐらりとその身体が傾ぎ、床に倒れ込む。

「殿下！」

アンジェリンは思わず彼に駆け寄った。アルファの発情の香りで、アンジェリンの身体も発情を始めていたが、それより恐怖のほうが勝った。ヨハネスが死んでしまったのではないかと思ったのだ。

「ヨハネス様っ」

ヨハネスは生きていた。意識もあったが、朦朧《もうろう》としているようにも見える。

その時、講堂の扉が開いて、護衛騎士たちが現れた。マレクの姿もあった。

「ヨハネス様。殿下。もう大丈夫ですよ」

アンジェリンはヨハネスの肩を抱いて呼びかけた。ヨハネスは一瞬だけこちらを見上げ、小さく微笑んだ。

サシャは、王宮に隣接する王立医院に運ばれ、ヨハネスは王宮の自分の屋敷で治療を受けた。

アンジェリンも発情していたので、ヨハネスの向かいの自室で発情を抑える薬を飲み、従僕たちが報告に来るのをじっと待つしかなかった。

ヨハネスは強い発情と、それに抗い続けた心労のせいで、一時的に熱が出たらしい。

自分で傷つけた腕や手の傷は、それほど深いものではなかったそうだ。しばらくすれば跡形もなく消えるだろうとのことだった。

サシャも、精神的にまいってはいるものの、どこにも怪我はなく健康なようだ。彼にも事情を聞かなくてはいけないため、しばらくは護衛を付けて入院してもらうという。

それを聞いたアンジェリンは、従僕を使いにやり、サシャが入院中に実家と連絡をつけたり、必要なものを届けることができるように、便宜《べんぎ》を図った。

ヨハネスとサシャ、それにアンジェリンの発情がすっかり治まり、医者からの外出許可が出るまで、事件から三日ほどかかった。

実家から母が、友人代表としてトマーシュが一度ずつ、見舞いに来てくれた。

アンジェリンとヨハネスは向かいの部屋同士で顔を見ることさえできずにいたが、その間にも、ヨハネス拉致事件の捜査は進んでいたようだ。

まず、事件のあったその日のうちに、クーベリック教授の助手が逮捕された。

助手がヨハネスを脅し、講堂へ誘導したのだそうだ。ヨハネスがあの日、クーベリック教授を訪れたのは、事前に予定のないことだったが、それ以前から助手は、ヨハネスが研究室を訪れたら計画を実行するよう、事前に指示されていたという。

ただし、助手が指示されたことは、講堂まで殿下を誘導して、演壇脇の小部屋に閉じ込めること、それを大学内のとある人物に伝えること、そこまでだった。

助手から伝言を聞いたとある人物というのも、助手と同じく実行犯の一人であり、首謀者ではなかった。

大学経理課の職員だったという、その実行犯の一人は、それ以外の実行犯たちに計画開始の報を伝達する役目を担っていた。

こうした実行犯が複数、大学構内に散らばっていて、お互いにほとんど面識はなく、あらかじめ決められた行動だけを行うよう指示を受けていた。だからみんな、計画の全貌は知らない。

ヨハネスが講堂に閉じ込められるとすぐ、発情中のオメガの一人が講堂に赴き、ヨハネスを発情させた。

別の実行犯がサシャ・マリーを拉致し、講堂へ連れていく。オメガの発情でヨハネスが発情し、さらにアルファの発情の香りでサシャが発情したのを見届けて、実行犯はヨハネスとサシャの二人を小部屋に閉じ込める。

計画はそこまでで、それがすべてだった。

ヨハネスとサシャを強制的に番わせる。首謀者の目的はそれだった。

クーベリック教授の助手に続いて、経理課職員がすぐに逮捕され、さらにアンジェリンの証言から、クヌート・ヘイニーというオメガの元同級生も逮捕された。

アンジェリンがクヌートを目撃していなかったら、ヨハネスの発見はもっとずっと遅れただろうし、クヌートを逮捕して計画の全貌が明らかになることもなかったかもしれない。

クヌートの証言から、首謀者がヴァレンティン・ダンヘロヴァーであることが判明した。ヴァレンティンが逮捕され、それが新聞の記事に載った。さらに彼が証言の中で、三年前のアンジェリン暴行事件に関わっていたとほのめかしたことで、大学内はもちろん、国内は大騒ぎになった。王子拉致事件と共に三年前の事件が蒸し返され、新聞の紙面をしばらく賑わせた。

「君も聞いているかもしれないけど、ダンヘロヴァー家は、今回の計画にも三年前の事件にも、一切関与していないと言い張っているそうだよ。あくまでもヴァレンティン一人の暴走だと」

よく晴れた午前中、屋敷の庭先でお茶を飲みながらヨハネスが言った。

事件から四日が経っていた。前日、医者から外出と互いの面会を許可されていたが、その時はもう夜だったので、日を改めることにした。

朝食の後、アンジェリンがしばらくの間、勇気が出なくて自室をウロウロしていたら、ヨハネスのほうから訪ねてきてくれたのだ。

外出許可も出たから、庭に出ないかと誘われ、こうして二人、庭先でお茶を飲んでいるのだった。

ヨハネスの両方の腕には、包帯が巻かれていて痛々しい。でも熱はとっくに下がり、身体の調子も戻ったそうだ。

彼とは拉致事件の前日に喧嘩別れして以来、初めてきちんと話をする。何からどう話したものか、アンジェリンはそわそわして落ち着かなかったけれど、ヨハネスはやっぱり、憎らしいくらい普段どおりだった。

彼は開口一番、先ほどの事件の話を始めた。

「それればかりか、息子は少し前に素行不良で勘当したから、当家とは関係ないと言い出した。弁護人も立てる気はないそうだ。公選弁護人を付けることになるだろう」

「非情すぎる。うちのヴァッツリーク家だって、もう少し血が通ってますよ」

アンジェリンは顔をしかめた。ヴァレンティンのことは許せないが、彼が今回の犯行に及んだのは、家の影響があるからではないか。

「ダンヘロヴァー家としては息子を切り捨てて、家を守りたいんだろうけど。そう上手くいくかな。その非情さがかえって、国民から反感を買うと思うけどね。おまけに三年前の事件で、ダンヘロヴァーはさんざん、君の行動をあげつらい、ヴァッツリーク家を非難した。なのにその事件の首謀者が息子だったんだから」

一昨日、ヴァレンティンが逮捕された。そしてアンジェリンは昨日、ヴァレンティンが三年前の事件に関わっていたことを聞かされた。

とはいえまだ、詳しいことは何も知らされていない。ヨハネスのほうは、アンジェリンよりも詳しい経緯を知っているようだ。

「先日の事件から言うと、こちらは間違いなく、ヴァレンティンの暴走のようだね。暴走と言うには周到だけど。彼はサシャ・マリーの存在を知る前から、今回の事件を計画していたようだから。つまり、俺を君以外のオメガと強制的に番わせようとしたんだ」

そのために、駒となる人間を作る。計画のために情報を集める者、計画を実行する者。危ない橋を渡る人間はみな、ヴァレンティンに何がしかの弱みを握られていた。

例えば、経理課職員は賭博好きで借金を抱え、どうやら大学の金にも手を付けていたようだ。クーベリック教授の助手は、父親が殺人犯で、助手は周りにそれを知られまいとしていた。

「ヴァレンティンはそういう駒になる人間の中に、オメガの男子を集めていた。彼らの発情の周期を把握し、いつでも発情期のオメガを俺にけしかけられるようにしていたらしい。そうしたオメガのことを、計画内では『ネズミ』という隠喩で呼んでいたそうだよ」

古くから鼠《ねずみ》は疫病を運び、人々に広めるとされている。発情を伝染させる媒介というわけだ。

「そこまでして、僕とあなたの縁談を阻止しようとしたのはなぜなんでしょう。彼はベータだから、もうお妃候補には関係ないはずなのに」

「ベータだからこそ、だよ」

ヨハネスは言い、少し苦しそうに微笑みを歪めた。

彼はいつでも微笑みを絶やさない。でももう、アンジェリンの中でそのことに苛立つ気持ちはなくなっている。

ヨハネスはこれからも、つらい時や悲しい時、病気の時でさえ微笑み続けるだろう。そうやって生きてきたし、そういう生き方しかできないのだ。

いつも一人で重圧と苦痛に耐えている。そういうヨハネスを支えたいと思った。

できれば一番近くで支えたい。でも、それがかなわなくてもいい。近くでなくてもいい。彼の力になりたい。どうしたって彼を愛しているから。

「ヴァレンティンは、アルファでもオメガでもなかった。そのままでは家の役に立てない。だからヴァツリークが力を付けるのを阻止して、家の役に立とうと思った、らしい」

「馬鹿げてる。……でも、彼の気持ちもわかる気はします。僕もあの事件の時、犯人と番になったかもしれないとわかった時、もう家の役に立てなくなったと絶望したから」

価値がなければ愛されない。そう思った。アンジェリンの場合、騒がしい母が「お前のせいじゃない」と呪文のように繰り返し、父も兄たちもひたすらアンジェリンの身を案じてくれた。

でも、ヴァレンティンの家族はそうではなかったのだろう。下の子、ヴァレンティンの妹を、女の子というだけで養女に出したくらいだ。

「三年前の事件の時、ヴァレンティンはまだ高校一年生だ。彼は大人……両親にそそのかされたのではないかと、捜査係は見ているそうだ」

「ヴァレンティンが関わっていたというのは、確定なんですね」

「うん。これもそのうち公になるだろうが、当時の実行犯たちの証言を得ている」

「実行犯……」

ルミやカールたちだ。あれほど親しくしていた彼らの顔を、今はもう上手く思い出すことができない。でも、不思議と声は覚えている。彼らの口調、笑い声。

感情の波にさらわれそうになって、思わず目をつぶると、テーブルの上に置かれた手に温かいものが重なって、ハッとした。

「ごめん」

目を開くと、向かいに座るヨハネスが慌てて手を引っ込めた。こちらを見る目が痛ましそうだ。アンジェリンは穏やかに微笑んで、かぶりを振った。

「いいえ。……実行犯が捕まったんですか」

あの時は四人全員、家から勘当されて所在不明になったと聞いていた。

「捕まったというか」

ヨハネスはそこで少し、言いにくそうに口をつぐんだ。

「以前から、彼らの所在は掴んでいたんだ。といっても、事件ではなく事故として処理されたから、警察の捜査じゃない。俺が個人的に探偵を頼んで、行方を捜させたんだよ」

アンジェリンはびっくりした。

「探偵？　どうしてそんな」

「真実を知りたかったのさ。あの時、本当は何が起こったのか。俺自身も知りたかったし、君も知りたいだろうと思った。真実を知ったら、少しは過去の記憶がましになるかもしれない」

「……僕のために？」

思わず口にすると、ヨハネスは「俺も知りたかったんだ」と、言い訳するように繰り返した。

「君を元気づけたかった。でもそれだけじゃない。君を傷つけた奴がのうのうと生きているのが許せなかったし、何でそんなことをしたのか知りたかった。理由によっては報復したいと思った。端から見ても君たちは、仲が良かった。演技ではなく楽しそうだったし、本当の友達に見えたから。少なくともあの、オメガの子と君は」

ルミ・ピヴォンカ。今もその名前を聞くと、胸がしくりと痛む。アンジェリンも、彼を本当の友達だと思っていた。

「ヤンとオスカーは国内にいて、すぐに見つかった。事件から一年後のことだ。彼らはただ、ルミに言われてやったそうだ。貴族だのの権力者だのの存在にうんざりしていて、その代表格であるヴァッツリークの鼻を明かしてやりたいと思ったのだと」

勝手な言い分だ。アンジェリンは唇を噛んだ。「勝手な言い分だよね」と、ヨハネスも皮肉っぽく言った。

ヤンはルミとカールにそそのかされたと言い、それだけだった。反省の言葉も何もなかった。彼はその後、窃盗を働いて捕まったそうだ。今も王都内の刑務所に収監されている。

思わぬ同級生の現況を聞いて、アンジェリンは胸が痛んだ。

「ただしオスカーは違う。後悔していると言った。ルミに言われるとおり、アンジェリンと仲良くなったけど、思っていたような高慢なお坊ちゃんではなかったと。仲良くなって、友達だったのに、裏切ってしまって後悔している。そう言っていたそうだ」

今回の事件で再び三年前の事件が脚光を浴びた。必要なら証言をすると、ヨハネス宛てに昨日、手紙が届いたそうだ。

「事件になった後に証言をしたら、自分も刑罰を免《まぬが》れない。それでも証言をすると言っているんだ。それなりの覚悟があるんだろう」

ヤンとは対照的に、オスカーは家を勘当された後も地方の親戚を頼り、真面目に働いているそうだ。事件の証言をしたら、職を失うことにならないだろうか。

ふと、そんな考えが頭をよぎる。反省している、なんて言葉で加害者にほだされるなんて、我ながら甘いと思うけれど。

「ルミとカールは国外にいた。こちらは完全に消息を絶っていたので、見つけるのに時間がかかったよ。俺の雇った探偵が彼らと接触できたのは、君が入学してすぐくらいのことだ」

「二人は、一緒に行動していたんですね」

何となく、そんな気がしていた。カールはルミの家来みたいに動いていたし、実際に二人の実家は主従関係にあったそうだが、二人の関係はそれだけではないように見えた。

二人に対する複雑な感情が去来する。そんなアンジェリンを思いやるように、ヨハネスも複雑そうに微笑んだ。

「彼らは結婚していたよ。番の契約をして、子供も生まれていた」

「子供が?」

声がひっくり返ってしまった。結婚も驚いたが、子供までいたとは。

「元気なんですね?」

ヨハネスは肩をすくめた。

「かなり苦労はしたようだけどね。何といったって、二人とも育ちは貴族なんだから。今はどうにか、子供と三人でも暮らしが成り立っているようだ。ルミは、ダンヘロヴァーから依頼を受けたと白状したよ。父親の事業に融資をする代わりに、言うことを聞けと言われたと」

ヨハネスから聞かされたルミの境遇は、聞くだけでつらいものだった。

ルミの実家、ピヴォンカ家は、ルミが幼い頃から借金に苦しんでいた。

ルミの父親は、実家の事業にさらなる融資を引き込むため、あるいは借金の返済を待ってもらうために、ルミを差し出すことがあったという。それも一度や二度ではない。

本来なら、ルミは王立学院に入学できるような経済状態ではなかった。両親は息子がオメガであることに望みをかけ、玉の輿《たまこし》を狙って学院に入学させたそうだ。

息子をただの道具としか見ていない。ルミと幼馴染みだったカールは、ルミを追いかけて学院に入学した。

カールは、大人で地位のある貴族たちが、子供のルミを金にあかして傷つけるのを見てきた。カールの家も下級貴族だが、貴族を憎むようになったという。

「高校一年の一学期、ルミはヴァレンティンから話を持ち掛けられた。窓口はヴァレンティンだったそうだけど、父親の事業に融資をするんだ。子供だけでは計画できないことだよね」

融資の話が、当時十六歳になったばかりのヴァレンティンのはったりだったのか、事件後に本当にピヴォンカ家が融資を受けたのか、ルミたちは知らない。事件の後すぐ、家を追い出されたからだ。

事実関係については目下、王室で調査を進めているという。

「自分の子供を利用するだけして、捨てるなんてひどすぎる」

ルミがずっとつらい目に遭っていたなんて、知らなかった。あの時、彼の境遇を知っていたら、力になれただろうか。

「結果的には実家から離れられたんだ。むしろよかったんだよ。あのままいたって、実家に搾取《さくしゅ》され続けるだけなんだから。でも――」

ヨハネスはサバサバとした口調で言い、言葉を切ってアンジェリンを見つめた。

「でも、ずっと後悔していると、ルミは言っていたそうだ。君を裏切ったことを。ルミにとって、君は初めてできたオメガの友人で、カール以外で損得勘定抜きに付き合える初めての相手だったから」

自然と、涙がこぼれた。ずっと知りたかったことが聞けた。

彼らにされたことを、すんなり許せるわけではない。でもこの三年間、ずっと心の奥で凝《こご》っていたものが、今ようやく溶けた気がする。

アンジェリンが涙を拭くと、ヨハネスは勇気づけるようにアンジェリンの手を一度だけ、軽く握った。

「カールも、詫びて許されることではないけど、必要なら法廷で証言すると言っていた」

彼はひたすら、愛するルミのために生きてきたのだろう。そしてこれからも、そうやって生きていく。善悪にかかわらず、ルミと子供のために。

「先日の事件も三年前の事件も、本格的な聴取はこれからだ。君の周りもまた、騒がしくなると思う。でもどうか、俺に君を守らせてほしい」

ヨハネスは、こちらがどきっとするくらい真剣な眼差しをしていた。思い詰めたような視線に、アンジェリンも目が離せなくなる。

「過去の事件を明らかにしたからって、君の傷がすぐに癒えることはないだろう。あの時、何もできなかった俺を許せないのもわかってる。それでも君は、土壇場で俺を愛してくれると言った。その言葉に縋りたいんだ」

アンジェリンは、ヨハネスの言葉を噛みしめた。会えなかったこの数日間、彼に会ったらどう話そうかと考えていた。たくさん言葉を考えたけれど、頭の中でこねくり回した言葉は、この場に似つかわしくないように思えた。

自分の気持ちに素直になろう。変に隠したり、途中でへそを曲げたりしないで。

「まだ、僕のことを愛してくれるんですか。さんざん駄々をこねたのに」

その言い回しに、ヨハネスはちょっと笑う。

「駄々なんかじゃないよ。君の言うとおりだ。君が何に傷ついていたのか、俺はちっとも理解していなかった。自分の気持ちばかり先行してた」

言いながら、また手を伸ばす。アンジェリンが手を引かないのを見て、テーブルの上で手を重ねた。

「いつまでだって、君を愛してるよ。君をどうしても諦めきれない。いくら君に嫌われて、結婚したくないって言われても、愛する気持ちを止められなかった。俺の運命の相手はアンジェリン、君だ。『特A』のサシャ・マリーの発情の香りは、確かに強烈だった。でも、それだけだ。風邪で勝手に熱が出るみたいに、自分の意思とは関係なく身体が熱くなるだけだった」

大きな手が、逃がすまいとするようにアンジェリンの手を握り込む。

「彼とは、以前も構内で何度か顔を合わせたことがある。でも『特A』同士だからって、惹かれ合うとは限らない。あくまで身体の相性なんだ。君のことだって、最初はただのガキだとしか思わなかった。何年もかけて君を知って、それで好きになったんだ。この心を証明するすべはない。だから言葉にして何度も伝えるしかない。君を愛してる。君だけを」

碧い瞳は心の不安を表すように揺らめいていて、どこにもいつもの余裕は窺えない。

この人は、見かけほど器用な人ではないのかもしれない。

ヨハネスの言葉を聞いて、そう思った。彼も自分と同じ、恋に臆病で不器用なのではないかと。

アンジェリンは握られた手の上から、もう一方の手を重ね、相手を見つめた。

「僕も。……僕も、愛してます。どうやっても、あなたを好きになるのを止められなかった。あなたが行方不明になったと聞いて、後悔しました。僕こそ自分のことばかりだった。あなたにあれもこれもと求めて、自分からは何もしなかった」

目の前の双眸《そうぼう》が見開かれ、わずかに潤んだ。

「アンジェリン……」

「それにあなたは、本当は三年前のあの時、僕を助けてくれた。誰よりも早く駆け付けてくれたんでしょう」

ヨハネスが、「どうして？」とつぶやいた。どうしてそれを知っているのか。

「一昨日、トマーシュがお見舞いに来た時に教えてくれたんです。僕が勘違いしていたことを、誰も、僕自身も知らなかった」

——あの時アンジェを助けたのは、ヨハネス殿下なんだよ。

トマーシュが言っていた。アンジェリンは意識が朦朧としていて気づかなかった。そして本人が知らなかったことを、トマーシュも、そしてヨハネスも「殿下は助けてくれなかった」とアンジェリンが恨み言を言うまで気づかずにいた。

三年前のあの日、廊下で偶然居合わせたデニスの報告を受けて、ヨハネスは異変を察知した。何かがおかしい。念のため、アンジェリンを探しに行くと言ったのがヨハネスだった。デニスやトマーシュ、それにマレクらヨハネスの側近候補たちも捜索に加わった。

そしてヨハネスが最初に図書室の書庫に乗り込み、襲われているアンジェリンを発見した。カールたちを引き剝がし、逃げられないように殴りつけた。アンジェリンを運び出そうとした時にはもう、ヨハネスも発情してしまっていた。

「僕が意識を取り戻したのは、ちょうどあなたが退避して、トマーシュとマレクが代わりに抱き起こした時だった」

発情してしまったヨハネスは、アンジェリンに近づけない。だからあんな隅にいたのだ。声をかけたくてもかけられなかった。理性を保つのに必死だった。

「あなたは僕を助けてくれたのに。何も知らないで、あんなふうに言ってごめんなさい。それから、僕を助けてくれてありがとう」

「俺を、許してくれるの？」

アンジェリンの手を握りしめたまま、ヨハネスは言う。アンジェリンは微笑んだ。

「あなたが、我がままな僕を許してくれるなら。一緒にいて、あなたの重荷を分かち合いたい」

碧い瞳の片方から、ぽろりと涙がこぼれた。アンジェリンはびっくりする。ヨハネス自身も驚いていた。

「嬉しくても、涙が出るって本当なんだね」

近くに行ってもいいかな、と、涙をこぼしながら、控えめにヨハネスが窺った。アンジェリンは立ち上がる。今度は自分が向かう番だと思ったのだ。

ヨハネスの前に立ち、彼の手を取った。

「愛してます、ヨハネス様。僕にとって、あなたが運命の番だ」

次の瞬間、席を立ったヨハネスに抱きしめられていた。

「俺も。愛してる。結婚して。俺のそばにいて。離れないで」

飾り気のない言葉だったけれど、今まで聞いたどんな告白より心にしみた。アンジェリンもヨハネスを抱きしめる。

「はい。これからずっと、あなたのそばにいます」

ヨハネスは、アンジェリンを守ってくれた。助けてくれた。こちらがどんなに不貞腐《ふてくさ》れても、めげずに追いかけてきてくれた。

今度はアンジェリンが彼を支える番だ。彼が愛情を注いでくれたように、アンジェリンも胸に抱え続けた愛情を彼に注ぎたい。

「ありがとう、アンジェリン」

涙の絡んだ声が、アンジェリンの耳をくすぐった。


それからしばらく経った。

事件後の調べで、サシャは講堂へおびき寄せられただけで、彼も被害者だということがわかった。また友達を失うかもしれないと思っていたアンジェリンは、ホッとしたものだ。

彼はヴァレンティンから、割のいい下働きの仕事があると持ち掛けられたらしい。それが廃講堂の清掃だった。サシャは自分が餌《えさ》になるとは露知《つゆし》らず、昼休みは毎日、講堂へ清掃に通っていたらしい。ついでにアンジェリンの悪口を吹き込まれ、距離を取るように言われていた。

どうして講堂を清掃するのかとか、なぜ清掃の仕事を口止めされるのかとか、釈然としないことはあったけれど、お金に困っていたサシャはとにかく仕事に飛びついた。

サシャは両親を亡くし、オメガの兄と弟の三人暮らしなのだそうだ。サシャが優秀で勉強が好きだったので、兄は無理をしてサシャを大学にやったのだという。

退院してしばらく、サシャが大学で好奇の目にさらされていたが、アンジェリンたちができる限り一緒に行動をするようにして、第三者の攻撃を受けないよう努めた。

また、アンジェリンはドランスキー教授の写生の手伝いの仕事をサシャに紹介したが、ドランスキー教授は「どうせなら専門分野の手伝いを」と、法学部の教授に口を利いて書生の仕事を斡旋《あっせん》してくれた。

雇い主の教授は裕福な貴族なので、給金もいいし、高価な専門書も読める。サシャは喜んでいた。

彼とアンジェリンは友達になった。あの事件もあって、最初はちょっとぎこちなかったけれど、毎日一緒に行動し、池のほとりで昼食を食べたりしているうちに、互いの遠慮も取れてきた。

苦学生はサシャばかりではないし、王族や貴族に囲まれた彼をやっかむ声もなくはない。でも本人は、そうした声に負けることなく前を向いている。

「僕、入学したての頃、大学を辞めたくてたまらなかったんです。周りはお金持ちばっかりだし、オメガで奨学生だからってからかわれるし。でも、アンジェ様が声をかけてくれた。あなたという友達ができて、あんな事件があっても、君や君の周りの人たちが僕を助けてくれる。世の中捨てたもんじゃないって思えました。色んな人に恩ができたから、僕は頑張ります」

大学を卒業して、法律が専門の上級官僚を目指すという。そうなったら、オメガでは初の上級官僚が誕生する。

謙虚でひたむきに自分の行く道を進むサシャを、アンジェリンは尊敬した。

事件の調査が進み、ヨハネス拉致事件の首謀者ヴァレンティンと、実行犯たちは裁判にかけられることになった。

アンジェリンも証人として法廷に立ち、その後のヴァレンティンの裁判も、ヨハネスと共に何度か傍聴した。

そこで感じたのは、彼はこんなことになってさえ、昔と変わっていないということだった。

犯罪の関与が発覚し、家から即座に切り捨てられたのに、今でも家の価値観を捨てきれずにいる。それればかりか、まだ自分はダンへロヴァー家の一員で、この献身がいつか両親に受け入れられると信じている様子なのが、彼の法廷での言葉の端々から感じられた。

ベータの彼は、差別的なダンへロヴァー家で、どれほど肩身の狭い思いをしてきたのだろう。

彼のしてきたことは許せないが、身を落としてなお家のくびきから逃れられない彼が憐れに思えてならなかった。

そのヴァレンティンの父は、ヴァレンティンを切り捨てることで保身を図ろうとした。しかし拉致事件と関連して三年前の事件が再調査され、ヨハネスが集めたルミたちの証言を提出すると、彼も起訴され、三年前の事件の首謀者として裁判にかけられることになった。

結果、ヴァレンティンはヨハネス拉致事件の、父親は三年前の事件の主犯であるとの判決が下り、両者とも王都の牢獄に収監された。

ダンへロヴァー侯爵家は当主とその息子を同時に失い、内部ですったもんだしたあげく、ヴァレンティンの大叔父にあたる人物が家を継ぐことになった。

アルファで、同じくアルファの息子がいるからという理由らしいが、本家から長く遠ざかっていた人だ。家門の富を維持するのに苦労するだろう。

それでなくても、ダンへロヴァー家の名は地に落ちている。国民は三年前にアンジェリンを攻撃した以上の勢いで、ヴァレンティンとその父親を呪った。侯爵家を取り潰しにするべきだとの声も上がっている。

貴族の間でもそうした声はあったが、貴族間の均衡を保つためにも、そう簡単に取り潰しにはできない。国王とヴァッツリーク宰相は有力貴族たちの意見を調整するのに苦心し、ダンヘロヴァー家に多額の賠償金を請求することで落ち着いた。

賠償請求が終わる頃には、事件に対する世の中の関心も薄くなり、ダンヘロヴァー父子の事件を追う記事もなくなった。

ところでアンジェリンは、事件の後もずっと、ヨハネスの屋敷に住み続けている。

実家に戻る必要がなくなったからだ。ヨハネスをはじめ、国王夫妻にも引き留められ、実家の両親もアンジェリンの気が変わることを恐れたのか、しきりにヨハネスとの同居を続けるよう勧めてきた。

アンジェリンにしても、心を通わせたヨハネスと一緒に暮らすのを、断る理由はない。

それに正直、王宮の生活のほうが、実家暮らしより自由で伸び伸びしていた。大学にも近いし。

実家に残してきた持ち物をヨハネスの屋敷に運び込むと、ヨハネスがアンジェリンのためにもう一部屋、書斎を用意してくれて、こうして本格的な王宮暮らしが始まった。

このままずっと、ここに住み続ける予定だ。

そしてまたしばらく時が経ち、王室がヨハネスとアンジェリンの婚約を正式に発表したのは、ヨハネスの大学卒業を間近に控えた冬のことだった。

ヨハネスとアンジェリンの婚約披露パーティーは、盛大に行われた。

これは二人の希望ではなく、双方の家の立場を考えて盛大にせざるを得なかった、というのが正しい。ヨハネスが卒業式で卒業証書を受け取ったそのすぐ翌日、王宮の中でも格式の高い大広間の一つで、多くの来賓を招いて二人の婚約が披露された。

何か月も前から準備をしていたし、二人とも改まったパーティーが初めてというわけでもない。

そこそこ場慣れしているつもりではあったが、自分たちが主役となると、大変さは段違いなのだとアンジェリンは知った。

パーティーが終わりに近づく頃になると、ヨハネスの完璧な微笑もわずかに強張るようになってきた。

「ちょっと、休もうか」

今夜で何十回目かになる来賓からの祝いの言葉に礼を述べ、こっそりため息をついていたら、隣のヨハネスからそっと囁かれた。

アンジェリンがうなずくと、ヨハネスはそばにいた従僕に小さく声をかけ、アンジェリンを庭に面した露台《バルコニー》へ連れていってくれた。

露台は今回のパーティーでは解放されていない場所なので、他に人は来ない。今ここにいられるのは、王族とその連れ合いだけの特権だ。

涼しい夜風が心地よく、アンジェリンはふうっと息をついた。

「疲れたね」

ヨハネスも庭を見つめ、ため息をついて言った。アンジェリンはその肩に軽く頭を乗せる。

「でも、やっと公にできて嬉しいです」

ヨハネスと心を通わせてからの一年半、家族同士で婚約は決まっていたけれど、事件のこともあってなかなか公にはできなかった。

でもようやく、世間に公表できた。これまでの道のりを思うと、深い感慨を覚える。しみじみしていたら、ヨハネスはなぜかクスッと笑った。

「何です?」

見上げると、目元を緩めた甘やかな笑顔があった。ヨハネスは甘く微笑んだまま、アンジェリンの頰にかかった髪をすくい、耳に掛ける。

「君もずいぶん、甘えてくれるようになったなって」

嬉しそうに言うから、恥ずかしくなった。

「……そりゃあ、婚約者ですから」

ソワソワした気分になり、離れようとしたら肩を抱かれた。フフッ、と耳元で笑う声がする。

「そう、婚約者。あと二年で君は俺の奥さんだ」

アンジェリンが卒業したら、二人は結婚する。

今のうちにたくさんいろいろなことを勉強して、結婚と同時に立太子するヨハネスを支えるつもりだ。

「でも大学を卒業して、ちょっと寂しいでしょう」

相手に頭をもたせかけたまま、アンジェリンは言う。まあね、とヨハネスがつぶやいた。

「もうあんなふうに毎日、みんなで気軽に昼食を食べることはできなくなるんだからね」

「お昼を食べる人数が減って、僕も寂しいです」

マレクも卒業して、正式にヨハネスの秘書になる。たまにはみんなで集まることもできるだろうが、大学の頃のように気軽に顔を合わせる機会は減るだろう。

「でもまあ、二度と会えないわけじゃないしね」

しんみりした空気を振り払うように、ヨハネスは声を明るくした。それから、アンジェリンを両腕で抱きしめ、ダンスを踊るように軽く揺らす。

「とにかく、正式に婚約できて嬉しい。デニスとサシャに先を越されて、悔しかったんだ」

アンジェリンはクスクス笑って、ヨハネスの背に腕を回した。

「僕もびっくりしましたけど」

そう、アンジェリンたちの婚約発表より遡《さかのぼ》ること半年前、デニスとサシャが婚約した。

実は婚約を考えている、と二人から聞かされた時は、寝耳に水でびっくりしたものだ。

一緒に昼ご飯を食べるようになってから、徐々に二人が仲良くなっていき、最近はたまに二人だけで勉強をしたり、出かけたりしていた。

アンジェリンが二人に、「もしかして、付き合ってるの？」と尋ねたのが、半年とちょっと前だ。

二人は顔を真っ赤にしてうなずき、少し前から交際を始めたと白状した。その時も驚いたけれど、まさか間を置かず婚約するとは思わなかった。

「でもあれって、ヨハネス様が背中を押したからですよね。裏で暗躍もして」

――こういうことは、早いほうがいい。

ヨハネスにそう言われて婚約を決意したのだと、後になってデニスから聞いた。

何かあって引き裂かれたらかなわない、というヨハネスの言葉は説得力があって、デニスもサシャも決意したそうである。

貴族と平民ではあったが、デニスは三男だし、サシャはサフィール学院大学で常に首席を取るほど優秀なオメガだ。そこまで障害になるほどの身分差ではない。

ただサシャが、先のヨハネス拉致事件の関係者ということで、デニスの両親はちょっと二の足を踏んでいた。

そんなデニスの両親を裏から説得したのが、誰あろうヨハネスだった。

――サシャ・マリーの人柄は保証する。彼もデニスも、俺とアンジェリンの大切な友人だ。お互いが結婚した後も、友人として夫婦で我々を支えてもらえたら嬉しいんだが。

という話をしたらしいと、アンジェリンはマレク経由で耳にした。

他ならぬヨハネス王子が言うのである。すでに事件の判決は出ていたし、デニスの両親たちも問題なかろうとサシャとデニスの婚約を許した。

二人もアンジェリンたちと同様、卒業後に結婚式を挙げる予定だ。

「背中を押したのは事実だけど、暗躍だなんて人聞きが悪いな。アンジェだって、二人が身分違いで引き離されるのは嫌だろう？　まあ、二人がさっさとくっついてくれて、綺麗さっぱり憂いがなくなったらいいなって気持ちもあったけど」

「僕はもう、相性診断のことは気にしてないって言ってるのに」

二人で抱き合い、ゆらゆら揺れながらアンジェリンは言う。

ヨハネスと暮らして、もう一年半が経った。彼に背を向け続けてきたあの頃とは違う。

拉致事件の後、サシャがアンジェリンたちと行動するようになって、最初の頃はほんの少し、やきもきしていた。

相性診断で「特A」だった二人の間に、何か特別なものが芽生えはしないか、やっぱり気にならないといったら嘘になる。

でも、それはまったくの杞憂だった。ヨハネスはトマーシュやデニスと同様、サシャとも親しくなったけれど、良き先輩後輩というだけで、それ以上でもそれ以下でもなかった。

ヨハネスはいつでも真っすぐ、アンジェリンを見つめてくれる。二人きりの時は甘い言葉を囁く。手も繋ぐし、キスだって頻繁にした。

今はもう、こうやって抱き合うのがむしろ自然なくらいだ。

まだ、身体を繋げたことはないけれど。

「ふふ。そっちじゃなくて、俺の心配だったんだけどね。最後まで気づかなかったんなら、それでもいいいか」

ゆらゆら抱き合って揺れながら、ヨハネスが意味深なことを言う。

「ヨハネス様の心配？」

どういうことだと顔を上げると、軽く音を立ててキスされた。

「アンジェには教えない」

「またそういう、意地悪を言って」

唇を尖らせると、ヨハネスは楽しそうに笑って、その唇にまたキスをする。

「意地悪な俺は嫌い？」

「……好きです。……大好き」

人がよさそうに見えて意地が悪いところも、でも根柢《こんてい》は善人で深い思いやりに溢れているところ、アンジェリンを真っすぐ誠実に愛してくれるところも……何もかも大好きだ。

「俺も大好きだよ、アンジェ。君を愛してる」

「……も、もうそろそろ、広間に戻らないといけませんね」

「このままここにいたいなあ」

「だめですよ。もう少しで終わるんですから」

肩肘の張らない、緩い性格も好きだ。アンジェリンはいつでも力みがちなので、こういう緩い人の隣にいるのがちょうどいいと思う。

「……そうだね。もうすぐパーティーも終わる。そうすればようやく、約束の時間だ」

約束の時間。その言葉を聞いて、身体がひとりでに熱くなる。

顔が赤くなったのを見られたくなくて、アンジェリンはヨハネスの胸に顔をうずめた。でも相手にはお見通しだったようだ。

「意識しちゃって。……可愛いね、アンジェ」

意地悪な囁きに、いっそう顔が赤くなった。ポカッと軽くヨハネスを叩くと、王子は何とも嬉しそうに笑った。

拉致事件の後、アンジェリンが引き続き王宮で暮らすと決まってすぐ、ヨハネスと約束したことがある。

事件がすっかり収束し、世間にも二人の婚約が発表できるようになったら、そこで初めて身体を繋げる。

正式に婚約発表する運びになり、婚約披露パーティーの日取りが決まって、二人はこのパーティーの夜を約束の日とすることにしたのである。

「アンジェ。こっちにおいで」

パーティーが終わり、屋敷に戻って湯あみをした。素肌にガウンだけを羽織って、向かいのヨハネスの私室を訪ねると、ヨハネスもガウンを羽織った姿で迎えてくれた。

入り口でもじもじしていたら、手を取って寝室へいざなわれる。ヨハネスの寝室。

初めて入るわけではないけれど、ヨハネスの匂いがして身体が熱くなった。

「緊張してる?」

ベッドの前まで来ると、ヨハネスは繋いでいた手をといて、アンジェリンを抱擁した。

「……少し」

逞しい胸に頬を寄せ、アンジェリンは小さな声で答える。素肌が触れ合ってドキドキする。

ヨハネスは先ほど広間の露台でそうしていたように、アンジェリンを抱きながらゆらゆらと踊るように揺れた。

「ここでこうして抱き合うの、いつぶりだっけ」

「……っ」

「思い出しちゃった？」

アンジェリンの動揺を、面白がる声だった。

何か月も前のことだけど、忘れるはずがない。以前にも一度だけ、ここでこうして抱き合った。

身体を繋げるのは、婚約発表をしてから。そう約束したけれど、どうにも我慢できなくて、二人は性器を擦れ合わせるだけの触れ合いを一度だけした。

翌日はちょっとバツが悪くて、でも幸せで、あれから何度反芻《はんすう》しただろう。

「今夜はあの時より、もっとすごいことをするんだからね」

ヨハネスが囁く。アンジェリンは彼の胸に顔をうずめていて見えないけれど、たぶん、にやにやと意地の悪い笑みを浮かべているはずだ。

「ふふ、可愛いな」

「馬鹿にして」

甘ったるい声に耐えきれず、顔を上げると、男らしい美貌がとろけるような微笑をたたえていた。

「してない。嬉しいんだ。ようやく君を抱ける。……抱いてもいい？」

「…………はい」

アンジェリンはうなずくのに精いっぱいだった。本当はもっと気持ちを伝えたかった。

自分もこの時を待っていた。嬉しい。夢のようだ。

でもドキドキして、何を言っていいのかわからない。自分の身体が自分のものではないような気がする。

ヨハネスはそんなアンジェリンの唇をついばんで、また抱きしめた。

「愛してる」

「……僕、も」

ふふっと笑い声がした。つむじに軽くキスをされ、くすぐったくて身をすくめていたら、次には額とこめかみに、頬と唇へ、キスが降りてきた。

「ん……」

それは首筋まで降り、身をすくめている間に、緩く縛ったガウンの帯を解かれた。下には何も身に着けていない。羞恥にうつむくアンジェリンのあごを取り、ヨハネスはまたキスをした。

「綺麗だ。すごく」

それからアンジェリンをベッドに上げ、自分もガウンを脱いだ。逞しい裸体が露わになり、アンジェリンは思わず見とれてしまった。

ヨハネスもまた、ガウンの下には何も身に着けていなかった。ずっしりとした性器がゆるく勃ち上がっている。

それを目にした途端、身体の奥が甘く疼いた。アンジェリンの前も、ずくんと熱を持つ。

「ゆっくりするから、大丈夫」

アンジェリンが身をすくめたのを、怖くなったのだと勘違いしたらしい。ヨハネスは優しく言って、アンジェリンの頬を撫で、肩をさすった。

「どうしても怖くなったら言うんだよ。絶対に、今夜じゃなくちゃいけないってこともないんだから」

小さな子供に言い聞かせるように、ヨハネスは優しく言った。過去に受けた傷が開かないように、自分の気持ちは二の次にして、アンジェリンを大切にしてくれているのがわかる。

「は……はい」

胸がいっぱいになったけれど、でも怖がっているのではなくて、期待してしまったのだとは言えなかった。

ヨハネスは言葉のとおりゆっくりと愛撫を進めた。恭しく首筋や鎖骨にキスをし、胸の突起をついばんで、時々アンジェリンに微笑みかける。

長い指は、アンジェリンの肌のあちこちを撫でた。上半身に触れていた片方の手が、たわむれに腰骨を撫で、それから股間に伸びる。やんわりとアンジェリンの性器を握った。

「……んっ」

軽く扱《しご》かれただけで、鈴口から先走りがこぼれる。

「アンジェは敏感だね」

ヨハネスは目を細めて言った。アンジェリンに覆いかぶさる彼の性器も、すでに硬く育ちきっている。早くそれを埋め込んでほしいと思う自分は、いやらしいのだろうか。

でも、ほしい。後ろにヨハネスのそれを受け入れて、肉襞で思う存分扱き上げたい。考えただけで、下腹部がずくずくと疼いた。

「……怖い？」

ふと愛撫を止めて、ヨハネスが真顔になる。さらりとアンジェリンの頬を撫で、心配そうな眼差しを向けた。

「無理してない?」

アンジェリンはかぶりを振った。ちゃんと言わなくては、と勇気を奮い立たせる。

「あの……」

「ん?」

「あの、僕……さっき、自分の部屋で、準備をしてきたんです。その、すぐに……ヨハネス様を受け入れられるように。……だから」

経験はないが、知識だけは一通り勉強している。湯あみの時に後ろの準備もしておいた。

心の準備も、ヨハネスが長い時間をかけてしてくれた。

「少しも怖くないです。それよりも……早くほしくて……」

どんどん声が小さくなった。最後のほうは聞こえなかったかもしれない。

ヨハネスは数秒の間、ぽかんとして目を見開いていた。

「アンジェ……」

呆然と名前をつぶやかれ、恥ずかしくなった。ぎゅっと目をつぶる。その時、ヨハネスががばっと抱き付いてきた。

「アンジェ、アンジェ。まったくもう。何て可愛いんだ」

言いながら、頬や額に何度もキスを繰り返す。ぐりぐり下半身を押し付けられた。

「君がこの部屋に来てから、俺がどれだけ必死に理性をかき集めてたか。なのに、こんなふうに煽《あお》るなんて」

煽ってなんかいません、と真っ赤になって言い返したが、可愛い可愛いと繰り返す言葉にかき消された。

　さっきまで保護者のように穏やかで紳士的だったヨハネスが、今ではやたらと嬉しそうにニコニコしている。

「本当だ。柔らかくなってる」

「……っ」

　かと思うと、いつの間にか尻の窄《すぼ》まりに手が伸びていた。襞を指先でめくられ、息を詰める。

「このまま、いいかい」

　最後の確認とばかりに、ヨハネスが尋ねる。アンジェリンは何度もうなずいた。

「身体の力を抜いて。嫌なことがあったら、すぐに言って。いい？」

　もう一度、うなずく。額にキスがあり、「愛してる、アンジェリン」と囁かれた。

　アンジェリンの足を抱え、正面からヨハネスが入ってくる。逞しい男根が根元まで埋め込まれるまでに、また幾度もキスと愛の言葉が囁かれた。

　ヨハネスのそれは、やはり相当な圧迫感があったが、準備をしてきたのと、ヨハネスの愛撫のおかげで痛みはなかった。

　ゆっくりと、ヨハネスと一つになっていくのを感じる。

「ああ……」

　やがてすべてを埋め込んで、ヨハネスが大きくため息をついて覆いかぶさってきた。

　繋がったまま、アンジェリンの身体を強く抱きしめる。アンジェリンもヨハネスを抱きしめた。

「嬉しい」

アンジェリンはつぶやく。うん、と小さな肯定が返ってくる。

ヨハネスはすぐには動かず、しばらく二人は抱き合っていた。ヨハネスを受け入れた後ろは、最初は圧迫感だけを覚えていたが、そのうち馴染んできた。互いの呼吸に合わせ、軽く律動しているように感じる。

腹と腹の間でアンジェリンの性器が擦れ、時折たまらなく腰を振りたい衝動に駆られる。

まだこのままなのかな、ともどかしく思っていたら、ヨハネスがふと顔を上げた。

「甘い匂いがする」

すん、とアンジェリンの首筋に鼻先を寄せた。

「発情期はまだ、少し先のはずですが」

婚約披露パーティーに発情期が重ならないよう、予定を組んだのだ。

ヨハネスは「だよね」とうなずき、また鼻先をアンジェリンに寄せた。

「でも、やっぱり甘い匂いがする。周期が早まったのかな。このところ忙しかったし」

そういうこともあるかもしれない。アンジェリンは比較的、周期が安定しているが、確かにパーティーの準備で忙しくしていたし、精神的にも気を張っていた。

どうしようか、とヨハネスが考えているのがわかる。

発情期に性交をすれば、高確率で妊娠してしまう。まだ発情の始まりの時期だが、可能性は皆無ではなかった。

「……ヨハネス様」

アンジェリンのために、このまま中断すると言うかもしれない。気配を察して、アンジェリンは声

を上げた。

「ここで、やめたくないです。今日は、最後までしたい」

せっかくここまで来たのだ。もしこれで子供を授かるなら、それはそれで嬉しい。

「——そうだね。俺も」

アンジェリンの瞳を見つめ、ヨハネスも決意を固めたようだ。

上体を起こしていったん、身体を離すと、アンジェリンをうつぶせにさせた。今度は後ろからアンジェリンの尻に性器を突き立てる。

「あ……っ」

一度目よりも容赦なく埋め込まれ、アンジェリンは息を呑んだ。

耳元で、掠れた声がした。ゾクゾクと背筋が甘く震える。間もなく、ゆっくりと律動が始まった。

「やっぱり、甘い」

背後からアンジェリンを揺さぶるヨハネスは、もう紳士ではなかった。

最初は緩やかだった律動は、すぐに激しく強くなる。腰を打ちつけられ、内壁を擦られる快感にアンジェリンもいつしか我を忘れて嬌声《きようせい》を上げていた。

身体が熱い。後ろがもっともっとと、貪欲に雄を欲しがっている。その鼻先に、甘い香りが掠めた。

そしてその匂いは、次第に濃くなっていく。

「ああ……アンジェ」

呻く声が聞こえ、うなじに唇が押し当てられた。それは軽く歯を立てたかと思うと、すぐさまためらうように引いていく。

アンジェリンは背後を振り返り、濡れた目を相手に向けた。首筋にかかる髪を払い、うなじを露わにしてみせる。

ヨハネスが熱っぽい眼差しで、「いいのか」という表情をした。アンジェリンがうなずくと、彼は目を細めてアンジェリンの背中に覆いかぶさった。

律動が、いっそう強く激しくなる。

吐息がうなじにかかり、愛撫するように何度も食《は》まれた。そのたびに快楽が駆け抜ける。

絶頂はもう、すぐそこまで来ていた。それはヨハネスも同様だろう。

「あ、あっ」

何度目かにうなじを食まれた時、アンジェリンはこらえきれず、涙をこぼしながら達していた。

パタパタと精液が夜具にこぼれ、快感に後ろが引き絞られる。

「……っ」

ヨハネスが呻き、繋がった場所がビクビクと震えた。

「アンジェ」

愛してる、という言葉と同時に、うなじに強い衝撃が走った。

痛みもあったかもしれない。けれどそれより先に覚えたのは快感だった。

身体が作り変えられていく。そんな感覚もあった。

今この瞬間に、自分はヨハネスの伴侶になったのだと確信した。

「痕になってる。本当に痛くなかった？」

首筋を指でなぞられ、くすぐったい。アンジェリンは軽く首をすくめて笑った。

「ちっとも。不思議な感覚でした」

くるりと身体の向きを変えると、隣にヨハネスが横たわっている。それだけなのに何だか嬉しくて、彼の胸に身体を寄せた。

ヨハネスもそんなアンジェリンを抱きしめてくれる。

身体にはまだ絶頂の余韻が残っており、それがたまらなく幸せだった。

「これでもう、アンジェは俺の番、俺のものだね」

嬉しそうに言うから、アンジェリンは笑ってしまった。

「まだ気が早いですよ。痕が消えるかもしれない」

発情の周期ではなかった。互いに絶頂を迎えた後、それぞれが感じた甘い匂いは消えている。

発情が不十分な状態だったから、番の契約はされていないかもしれないのだ。

しかし、そうは言いながらも、アンジェリンも心の底では確信していた。

ヨハネスにうなじを噛まれた瞬間、身体が変わっていく感覚。あれこそが番の契約の瞬間だったのだと。

「いや、消えない。さっき、アンジェのうなじを噛んだ時、感じたんだ。この子は俺の物になったって」

ヨハネスが頑固に言い張る。彼もあの瞬間、感じる物があったのだ。

「子供の名前を考えないと」

続けて、ヨハネスはつぶやいた。

「大学の勉強に支障がないよう、子守りは多めに雇おう。休学するって手もあるけど、トマーシュたちと卒業したいんだろう？」

早くも出産後のことを考えている。本当に気が早い。しかも、半分冗談なのかと思って見上げたら、ひどく真剣な表情をしていた。

「気が早いですねえ」

「でも、大事なことだからね」

真面目くさって言うから、おかしくなって笑ってしまう。

ヨハネスの意外な一面を見た気がした。これからもこうして、お互いの新しい一面を知っていくのだろう。

幸せな予感がして、アンジェリンは笑いながらヨハネスにキスをした。

あとがき

こんにちは、初めまして。小中大豆《こなかだいず》と申します。

今作はオメガバースのお話になりました。

意地悪顔で悪役令息のように噂されている受が主人公です。攻は爽やかな王子様らしい王子様、でも中身はちょっぴり歪んでいます。

私はこういうSっ気のある攻が好きなようで、ついつい攻を腹黒のS系にしてしまうのですが、今回は受をあまりいじめないようにしていたので、ちょっとS加減が足りなかったかな？　と、反省しております。

あまりいじめすぎるとハラスメントになってしまいますし、匙加減が難しいですね。

今回も前回に引き続き、みずかねりょう先生がイラストを担当してくださいました。

アルファらしくカッコいい攻と、凛とした美しさを持つ受に仕上げていただきました。

毎度毎度、過密で過酷なスケジュールの中、ここまで繊細で美しいイラストを描き上げていただき、本当に頭が上がりません。みずかね先生、ありがとうございました。

担当様には今回も多大なるご尽力をいただき、ありがとうございました。

そして最後になりましたが、ここまでお付き合いくださいました読者の皆様、ありがとうございます。

ヨハネスとアンジェリンのもだもだ恋愛模様を、少しでも楽しんでいただけたら幸いです。

それではまた、どこかでお会いできますように。

CROSS NOVELSをお買い上げいただきありがとうございます。
この本を読んだご意見・ご感想をお寄せください。

〒110-8625 東京都台東区東上野2-8-7　笠倉出版社
CROSS NOVELS 編集部
「小中大豆先生」係／「みずかねりょう先生」係

CROSS NOVELS

アルファ王子の愛なんていりません！

著者
小中大豆

2023年10月23日　初版発行　検印廃止

発行者　笠倉伸夫
発行所　株式会社　笠倉出版社
〒110-8625　東京都台東区東上野2-8-7　笠倉ビル
［営業］TEL　0120-984-164
FAX 03-4355-1109
［編集］TEL　03-4355-1103
FAX 03-5846-3493
https://www.kasakura.co.jp/
振替口座　00130-9-75686
印刷　株式会社　光邦
装丁　コガモデザイン
ISBN 978-4-7730-6384-4
Printed in Japan